祝，一切安好

沈从文 等◎著

图书在版编目（CIP）数据

祝，一切安好 / 沈从文等著 . — 北京 : 北京联合出版公司，2016.4（2024.7重印）

（极简的阅读）

ISBN 978-7-5502-7358-0

Ⅰ . ①祝… Ⅱ . ①沈… Ⅲ . ①散文集－中国－现代②散文集－中国－当代 Ⅳ . ① I266

中国版本图书馆 CIP 数据核字（2016）第058654号

祝，一切安好

作　　者：沈从文 等
责任编辑：崔保华
特约编辑：黄川川
版权支持：张　婧

北京联合出版公司出版
(北京市西城区德外大街 83 号楼 9 层　100088)
三河市恒升印装有限公司印刷　新华书店经销
字数：109 千字　787mm×1092mm　1/32　印张：5.75
2016 年 5 月第 1 版　2024 年 7 月第 17 次印刷
ISBN 978-7-5502-7358-0
定价：25.00 元

极简的阅读

时移境迁，浮光掠影

他们的文字，穿越时空，抚慰你我，引领前行

目录

gěi wǒ de hái zi men

给我的孩子们

丰子恺

世间的人群结合，永没有像你们样的彻底地真实而纯洁。

我的孩子们！我憧憬于你们的生活，每天不止一次！我想委屈地说出来，使你们自己晓得。可惜到你们懂得我的话的意思的时候，你们将不复是可以使我憧憬的人了。这是何等可悲哀的事啊！

瞻瞻！你尤其可佩服。你是身心全部公开的真人。你什么事体都像拼命地用全副精力去对付。小小的失意，像花生米翻落地了，自己嚼了舌头了，小猫不肯吃糕了，你都要哭得嘴唇翻白，昏去一两分钟。外婆普陀去烧香买回来给你的泥人，你何等鞠躬尽瘁地抱他，喂他；有一天你自己失手把他打破了，你的号哭的悲哀，比大人们的破产，失恋，broken heart（极度伤心），丧考妣，全军覆没的悲哀都要真切。两把芭蕉扇做的脚踏车，麻雀牌堆成的火车，汽车，你何等认真地看待，挺直了嗓子叫“汪——，”“咕咕咕……”，来代替汽笛。宝姐姐讲故事给你听，说到“月亮姐姐挂下一只篮来，宝姐姐坐在篮里吊了上去，瞻瞻在下面看”的时候，你何等激昂地同她争，说“瞻瞻要上去，宝姐姐在下面看！”甚至哭到漫姑面前去求审判。我每次剃了头，你真心地疑我变了和尚，好几时不要我抱。最是今年夏天，你坐在我膝上发见了我腋下的长毛，当作黄鼠狼的时候，你何等伤心，你立刻从我身上爬下去，起初眼瞪瞪地对我端相，继而大失所望地号哭，看看，哭哭，如同对被判定了死罪的亲友一样。你要我抱你到车站里去，多多益善地要买香蕉，满满地擒了两手回来，回到门口时你已经熟睡在我的肩上，手里的香蕉不知落在哪里去了。这是何等可佩服的真率、自然与热情！大人间的所谓“沉默”，“含蓄”，“深刻”的美德，比起你来，全是不自然的、病的、伪的！

你们每天做火车、做汽车、办酒、请菩萨、堆六面画、唱歌，全是自动的、创造创作的生活。大人们的呼号“归自然！”“生活的艺术化！”“劳动的艺术化！”在你们面前真是出丑得很了！依样画几笔画，写几篇文的人称为艺术家、创作家，对你们更要愧死！

你们的创作力，比大人真是强盛得多哩：瞻瞻！你的身体不及椅子的一半，却常常要搬动它，与它一同翻倒在地上；你又要把一杯茶横转来藏在抽斗里，要皮球停在壁上，要拉住火车的尾巴，要月亮出来，要天停止下雨。在这等小小的事件中，明明表示着你们的弱小的体力与智慧力不足以应付强盛的创作欲、表现欲的驱使，因而遭逢失败。然而你们是不受大自然的支配，不受人类社会的束缚的创造者，所以你的遭逢失败，例如火车尾巴拉不住，月亮呼不出来的时候，你们绝不承认是事实的不可能，总以为是爹爹妈妈不肯帮你们办到，同不许你们弄自鸣钟同例，所以愤愤地哭了，你们的世界何等广大！

你们一定想：终天无聊地伏在案上弄笔的爸爸，终天闷闷地坐在窗下弄引线的妈妈，是何等无气性的奇怪的动物！你们所视为奇怪动物的我与你们的母亲，有时确实难为了你们，摧残了你们，回想起来，真是不安心得很！

阿宝！有一晚你拿软软的新鞋子，和自己脚上脱下来的鞋子，给凳子的脚穿了，刬袜立在地上，得意地叫“阿宝两只脚，凳子四只脚”的时候，你母亲喊着“龌龊了袜子！”立刻擒你到藤榻上，动手毁坏你的创作。当你蹲在榻上注视你母亲动手毁坏的时候，你的小心里一定感到“母亲这种人，何等煞风景而野蛮”吧！

瞻瞻！有一天开明书店送了几册新出版的毛边的《音乐入

门》来。我用小刀把书页一张一张地裁开来，你侧着头，站在桌边默默地看。后来我从学校回来，你已经在我的书架上拿了一本连史纸印的中国装的《楚辞》，把它裁破了十几页，得意地对我说："爸爸！瞻瞻也会裁了！"瞻瞻！这在你原是何等成功的欢喜，何等得意的作品！却被我一个惊骇的"哼！"字喊得你哭了。那时候你也一定抱怨"爸爸何等不明"吧！

软软！你常常要弄我的长锋羊毫，我看见了总是无情地夺脱你。现在你一定轻视我，想道："你终于要我画你的画集的封面！"

最不安心的，是有时我还要拉一个你们所最怕的陆露沙医生来，叫他用他的大手来摸你们的肚子，甚至用刀来在你们臂上割几下，还要叫妈妈和漫姑擒住了你们的手脚，捏住了你们的鼻子，把很苦的水灌到你们的嘴里去。这在你们一定认为是太无人道的野蛮举动吧！

孩子们！你们果真抱怨我，我倒欢喜；到你们的抱怨变为感激的时候，我的悲哀来了！

我在世间，永没有逢到像你们这样出肺肝相示的人。世间的人群结合，永没有像你们样的彻底地真实而纯洁。最是我到上海去干了无聊的所谓"事"回来，或者去同不相干的人们做了叫做"上课"的一种把戏回来，你们在门口或车站旁等我的时候，我心中何等惭愧又欢喜！惭愧我为什么去做这等无聊的事，欢喜我又得暂时放怀一切地加入你们的真生活的团体。

但是，你们的黄金时代有限，现实终于要暴露的。这是我经验过来的情形，也是大人们谁也经验过的情形。我眼看见儿时的伴侣中的英雄、好汉，一个个退缩、顺从、妥协、屈服起来，像绵羊的地步。我自己也是如此。“后之视今，亦犹今之视昔”，你们不久也要走这条路呢！

我的孩子们！憧憬于你们的生活的我，痴心要为你们永远挽留这黄金时代在这册子里。然这真不过像“蜘蛛网落花”，略微保留一点春的痕迹而已。且到你们懂得我这片心情的时候，你们早已不是这样的人，我的画在世间已无可印证了！这是何等可悲哀的事啊！

wǒ de mǔ qīn

我的母亲

老舍

母亲并不识字，

她给我的是生命的教育。

母亲的娘家是北平德胜门外，土城儿外边，通大钟寺的大路上的一个小村里。村里一共有四五家人家，都姓马。大家都种点不十分肥美的地，但是与我同辈的兄弟们，也有当兵的，做木匠的，做泥水匠的，和当巡警的。他们虽然是农家，却养不起牛马，人手不够的时候，妇女便也须下地做活。

对于姥姥家，我只知道上述

的一点。外公外婆是什么样子，我就不知道了，因为他们早已去世。至于更远的族系与家史，就更不晓得了；穷人只能顾眼前的衣食，没有工夫谈论什么过去的光荣；“家谱”这字眼，我在幼年就根本没有听说过。

母亲生在农家，所以勤俭诚实，身体也好。这一点事实却极重要，因为假若我没有这样的一位母亲，我以为我恐怕也就要大大的打个折扣了。

母亲出嫁大概是很早，因为我的大姐现在已是六十多岁的老太婆，而我的大外甥女还长我一岁啊。我有三个哥哥，四个姐姐，但能长大成人的，只有大姐、二姐、三哥与我。我是“老”儿子。生我的时候，母亲已有四十一岁，大姐二姐已都出了阁。

由大姐与二姐所嫁人的家庭来推断，在我生下之前，我的家里，大概还马马虎虎的过得去。那时候订婚讲究门当户对，而大姐丈是作小官的，二姐丈也开过一间酒馆，他们都是相当体面的人。

可是，我，我给家庭带来了不幸：我生下来，母亲晕过去半夜，才睁眼看见她的老儿子——感谢大姐，把我揣在怀里，致未冻死。

一岁半，我把父亲“克”死了。

兄不到十岁，三姐十二三岁，我才一岁半，全仗母亲独立抚养了。父亲的寡姐跟我们一块儿住，她吸鸦片，她喜摸纸牌，她的脾气极坏。为我们的衣食，母亲要给人家洗衣服，缝补或裁缝衣裳。在我的记忆中，她的手终年是鲜红微肿的。白天，她洗衣服，洗一两大绿瓦盆。她做事永远丝毫也不敷衍，就是屠户们送来的黑如铁的布袜，她也给洗得雪白。晚间，她与三姐抱着一盏油灯，还要缝补衣服，一直到半夜。她终年没有休息，可是在忙碌中她还把院子屋中收拾得清清爽爽。桌椅都是旧的，柜门的铜活久已残缺不全，可是她的手老使破桌面上没有尘土，残破的铜活发着光。院中，父亲遗留下的几盆石榴与夹竹桃，永远会得到应有的浇灌与爱护，年年夏天开许多花。

哥哥似乎没有同我玩耍过。有时候，他去读书；有时候，他去学徒；有时候，他也去卖花生或樱桃之类的小东西。母亲含着泪把他送走，不到两天，又含着泪接他回来。我不明白这都是什么事，而只觉得与他很生疏。与母亲相依为命的是我与三姐。因此，她们做事，我老在后面跟着。她们浇花，我也张罗着取水；她们扫地，我就撮土……从这里，我学得了爱花，爱清洁，守秩序。这些习惯至今还被我保存着。

有客人来，无论手中怎么窘，母亲也要设法弄一点东西去款待。舅父与表哥们往往是自己掏钱买酒肉食，这使她脸上羞得飞红，可是殷勤的给他们温酒做面，又给她一些喜悦。遇上亲友家中有喜丧事，母亲必把大褂洗得干干净净，亲自去贺吊——份礼也许只是两吊小钱。到如今我的好客的习性，还未全改，尽管生活是这么清苦，因为自幼儿看惯了的事情是不易于改掉的。

姑母常闹脾气。她单在鸡蛋里找骨头。她是我家中的阎王。直到我入了中学，她才死去，我可是没有看见母亲反抗过。“没受过婆婆的气，还不受大姑子的吗？命当如此！”母亲在非解释一下不足以平服别人的时候，才这样说。是的，命当如此。母亲活到老，穷到老，辛苦到老，全是命当如此。她最会吃亏。给亲友邻居帮忙，她总跑在前面：她会给婴儿洗三——穷朋友们可以因此少花一笔“请姥姥”钱——她会刮痧，她会给孩子们剃头，她会给少妇们绞脸……凡是她能做的，都有求必应。但是吵嘴打架，永远没有她。她宁吃亏，不逗气。当姑母死去的时候，母亲似乎把一世的委屈都哭了出来，一直哭到坟地。不知道哪里来的一位侄子，声称有继承权，母亲便一声不响，教他搬走那些破桌子烂板凳，而且把姑母养的一只肥母鸡也送给他。

可是，母亲并不软弱。父亲死在庚子闹“拳”的那一年。联军入城，挨家搜索财物鸡鸭，我们被搜过两次。母亲拉着哥哥与三姐坐在墙根，等着“鬼子”进门，街门是开着的。“鬼子”进门，一刺刀先把老黄狗刺死，而后入室搜索。他们走后，母亲把破衣箱搬起，才发现了我。假若箱子不空，我早就被压死了。皇上跑了，丈夫死了，鬼子来了，满城是血光火焰，可是母亲不怕，她要在刺刀下，饥荒中，保护着儿女。北平有多少变乱啊，有时候兵变了，街市整条的烧起，火团落在我们的院中。有时候内战了，城门紧闭，铺店关门，昼夜响着枪炮。这惊恐，这紧张，再加上一家饮食的筹划，儿女安全的顾虑，岂是一个软弱的老寡妇所能受得起的？可是，在这种时候，母亲的心横起来，她不慌不哭，要从无办法中想出办法来。她的泪会往心中落！这点软而硬的个性，也传给了我。我对一切人与事，都取和平的态度，把吃亏看作当然的。但是，在做人上，我有一定的宗旨与基本的法则，什么事都可以将就，而不能超过自己画好的界限。我怕见生人，怕办杂事，怕出头露面；但是到了非我去不可的时候，我便不敢不去，正像我的母亲。从私塾到小学，到中学，我经历过起码有二十位教师吧，其中有给我很大影响的，也有毫无影响的，但是我的真正的教师，把性格传给我的，是我的母亲。母亲并不识字，她给我的是生命的教育。

当我在小学毕了业的时候，亲友一致的愿意我去学手艺，好帮助母亲。我晓得我应当去找饭吃，以减轻母亲的勤劳困苦。可是，我也愿意升学。我偷偷的考入了师范学校——制服，饭食，书籍，宿处，都由学校供给。只有这样，我才敢对母亲说升学的话。入学，要交十圆的保证金。这是一笔巨款！母亲作了半个月的难，把这巨款筹到，而后含泪把我送出门去。她不辞劳苦，只要儿子有出息。当我由师范毕业，而被派为小学校校长，母亲与我都一夜不曾合眼。我只说了句：“以后，您可以歇一歇了！”她的回答只有一串串的眼泪。我入学之后，三姐结了婚。母亲对儿女是都一样疼爱的，但是假若她也有点偏爱的话，她应当偏爱三姐，因为自父亲死后，家中一切的事情都是母亲和三姐共同撑持的。三姐是母亲的右手。但是母亲知道这右手必须割去，她不能为自己的便利而耽误了女儿的青春。当花轿来到我们的破门外的时候，母亲的手就和冰一样的凉，脸上没有血色——那是阴历四月，天气很暖。大家都怕她晕过去。可是，她挣扎着，咬着嘴唇，手扶着门框，看花轿徐徐的走去。不久，姑母死了。三姐已出嫁，哥哥不在家，我又住学校，家中只剩母亲自己。她还须自晓至晚的操作，可是终日没人和她说一句话。

新年到了，正赶上政府倡用阳历，不许过旧年。除夕，我请了两小时的假。由拥挤不堪的街市回到清炉冷灶的家中。母亲笑了。及至听说我还须回校，她愣住了。半天，她才叹出一口气来。到我该走的时候，她递给我一些花生，“去吧，小子！”街上是那么热闹，我却什么也没看见，泪遮迷了我的眼。今天，泪又遮住了我的眼，又想起当日孤独的过那凄惨的除夕的慈母。可是慈母不会再候盼着我了，她已入了土！

儿女的生命是不依顺着父母所设下的轨道一直前进的，所以老人总免不了伤心。我二十三岁，母亲要我结了婚，我不要。我请来三姐给我说情，老母含泪点了头。我爱母亲，但是我给了她最大的打击。时代使我成为逆子。二十七岁，我上了英国。为了自己，我给六十多岁的老母以第二次打击。在她七十大寿的那一天，我还远在异域。那天，据姐姐们后来告诉我，老太太只喝了两口酒，很早的便睡下。她想念她的幼子，而不便说出来。

七七抗战后，我由济南逃出来。北平又像庚子那年似的被鬼子占据了。可是母亲日夜惦念的幼子却跑西南来。母亲怎样想念我，我可以想象得到，可是我不能回去。每逢接到家信，我总不敢马上拆看，我怕，怕，怕，怕有那不祥的消息。人，即使活到八九十岁，有母亲便可以多少还有点孩子气。失了慈母便像花插在瓶子里，虽然还有色有香，却失去了根。有母亲的人，心里是安定的。我怕，怕，怕家信中带来不好的消息，告诉我已是失了根的花草。

去年一年，我在家信中找不到关于母亲的起居情况。我疑虑，害怕。我想象得到，若不是不幸，家中念我流亡孤苦，或不忍相告。母亲的生日是在九月，我在八月半写去祝寿的信，算计着会在寿日之前到达。信中嘱咐千万把寿日的详情写来，使我不再疑虑。十二月二十六日，由文化劳军的大会上回来，我接到家信。我不敢拆读。就寝前，我拆开信，母亲已去世一年了！

生命是母亲给我的。我之能长大成人，是母亲的血汗灌养的。我之能成为一个不十分坏的人，是母亲感化的。我的性格，习惯，是母亲感化的。她一世未曾享过一天福，临死还吃的是粗粮。唉！还说什么呢？心痛！心痛！

情书
qíng shū

沈从文

一个女子在诗人的诗中，

永远不会老去，

……

一个白日带走了一点青春，
日子虽不能毁坏我印象里你所给我的光明，
却慢慢的使我不同了。

一个女子在诗人的诗中，
永远不会老去，
但诗人他自己却老去了。
我想到这些，
我十分犹豫了。

生命是太脆薄的一种东西，
并不比一株花更经得住年月风雨，
用对自然倾心的眼，
反观人生。
使我不能不觉得热情的可珍，
而看重人与人凑巧的藤葛。

在同一人事上，
第二次的凑巧是不会有的。
我生平只看过一回满月。
我也安慰自己过，
我说：
我行过许多地方的桥，
看过许多次数的云，
喝过许多种类的酒，
却只爱过一个正当最好年龄的人。

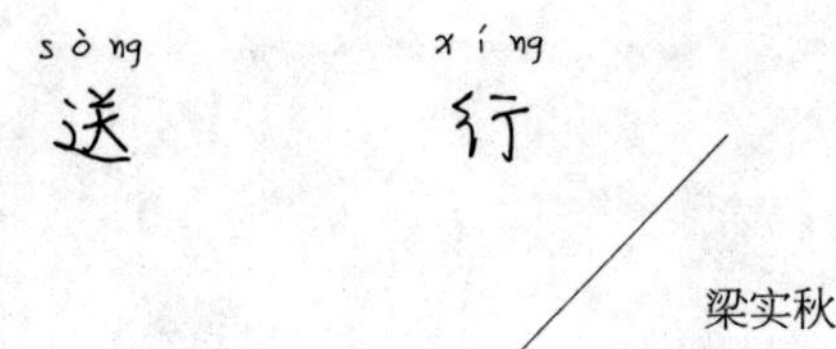

我不愿送人，亦不愿人送我。

“黯然销魂者，唯别而已矣。”遥想古人送别，也是一种雅人深致。古时交通不便，一去不知多久，再见不知何年，所以南浦唱支骊歌，灞桥折条杨柳，甚至在阳关敬一杯酒，都有意味。李白的船刚要启碇，汪伦老远的在岸上踏歌而来，那幅情景真是历历如在眼前。其妙处在于纯朴真挚，出之以潇洒自然。平夙莫逆于心，临别难分难舍。如果平常我看着你面目可憎，你觉着我语言无味，一旦远离，那是最好不过，只恨世界太小，唯恐将来又要碰头，何必送行！

在现代人的生活里，送行是和拜寿送殡等等一样的成为应酬的礼节之一。“揪着公鸡尾巴”起个大早，迷迷糊糊的赶到车站码头，挤在乱哄哄人群里面，找到你的对象，扯几句淡话，好容易耗到汽笛一叫，然后鸟兽散，吐一口轻松气，噘着大嘴回家。这叫作周到。在被送的那一方面，觉得热闹，人缘好，没白混，而且体面，有这么多人舍不得我走，斜眼看着旁边的没人送的旅客，相形之下，尤其容易起一种优越之感，不禁精神抖擞，恨不得对每一个送行的人要握八次手，道十回谢。死人出殡，都讲究要有多少亲友执绋，表示恋恋不舍，何况活人！行色不可不壮。

悄然而行似是不大舒服，如果别的旅客在你身旁耀武扬威地与送行的话别，那会增加旅中的寂寞。这种情形，中外皆然。Max Beerbohm 写过一篇《谈送行》，他说他在车站上见一位以演剧为业的老朋友在送一位女客，始而喁喁情话，俄而泪湿双颊，终乃汽笛一声，勉强抑止哽咽，向女郎频频挥手，目送良久而别。原来这位演员是在作戏，他并不认识那位女郎，他是属于“送行会”的一个职员，凡是旅客孤身在外而愿有人到站相送的，都可以到“送行会”去雇人来送。这位演员出身的人当然是送行的高手，他能放进感情，表演逼真。客人纳费无多，在精神上受惠不浅。尤其是美国旅客，用金钱在国外可以购买一切，如果“送行会”真的普遍设立起来，送行的人也不虞缺乏了。

送行既是人生中所不可少的一件事，送行的技术也便不可不注意到。如果送行只限于到车站码头报到，握手而别，那么问题就简单，但是我们中国的一切礼节都把“吃”列为最重要的一个项目。一个朋友远别，生怕他饿着走，饯行是不可少的，恨不得把若干天的营养都一次囤积在他肚里。我想任何人都有这种经验，如有远行而消息外露（多半还是自己宣扬），他有理由期望着饯行的帖子纷至沓来，短期间家里可以不必开伙。还有些思虑更周到的人，把食物携在手上，亲自送到车上船上，好像是你在半路上会挨饿的样子。

我永远不能忘记最悲惨的一幕送行。一个严寒的冬夜，车站上并不热闹，客人和送客的人大都在车厢里取暖，但是在长得没有止境的月台上却有黑査査的一堆送行的人，有的围着斗篷，有的戴着风帽，有的脚尖在洋灰地上敲鼓似的乱动，我走近一看全是熟人，都是来送一位太太的。车快开了，不见她的踪影，原来在这一晚她还有几处饯行的宴会。在最后的一分钟，她来了。送行的人们觉得是在接一个人，不是在送一个人，一见她来到大家都表示喜欢，所有惜别之意都来不及表现了。她手上抱着一个孩子，吓得直哭，另一只手扯着一个孩子，连跑带拖，她的头发蓬松着，嘴里喷着热气，像是冬天载重的骡子，她顾不得和送行的人周旋，三步两步的就跳上了车。这时候车已在蠕动。送行的人大部分都手里提着一点东西，无法交付，可巧我站在离车门最近的地方，大家把礼物都交给了我，“请您偏劳给送上去罢！”

我好像是一个圣诞老人，抱着一堆礼物，我一个箭步窜上了车，我来不及致辞，把东西往她身上一扔，回头就走，从车上跳下来的时候，打了几个转才立定脚跟。事后我接到她一封信，她说：

“那些送行的都是谁？你丢给我那一堆东西，到底是谁送的？我在车上整理了好半天，才把那堆东西聚拢起来打成一个大包袱。朋友们的盛情算是给我添了一件行李。我愿意知道哪一件东西是哪一位送的，你既是代表送上车的，你当然知道，盼速见告。

计　开

水果三筐，泰康罐头四个，果露两瓶，蜜饯四盒，饼干四罐，豆腐乳四罐，蛋糕四盒，西点八盒，纸烟八听，信纸信封一匣，丝袜两双，香水一瓶，烟灰碟一套，小钟一具，衣料两块，酱菜四篓，绣花拖鞋一双，大面包四个，咖啡一听，小宝剑两把……”

这问题我无法答复，至今是个悬案。

我不愿送人，亦不愿人送我。对于自己真正舍不得离开的人，离别的那一刹那像是开刀，凡是开刀的场合照例是应该先用麻醉剂，使病人在迷蒙中度过那场痛苦，所以离别的苦痛最好避免。一个朋友说，“你走，我不送你；你来，无论多大风多大雨，我要去接你。”我最赏识那种心情。

gěi zhāng ài líng de xìn

给张爱玲的信

胡兰成

爱玲，记否我们初见时我写给你的“因为懂得，所以慈悲”？

爱玲：

我坐在忘川里的湖边，看微风拂过，湖面浮着枯黄的柳叶，柳枝垂落水面，等待着风给予的飘落，那是种凋零的美。风的苍凉里，我听到了那款款袭来的秋的脚步正透过水面五彩的色调，荡漾而来。湖水的深色给人油画的厚重感，那天边的夕阳，是你爱看的。不知道你经常仰望天空的那个窗台，如今是何模样，如今是谁倚在窗边唱歌。

我常以为，天空是湖泊和大海的镜子，所以才会如此湛蓝。我坐在这儿，静静地等你，我的爱。而你，此刻在哪里呢，真的永不相见了么？记得那时，我们整日地厮守在你的住所——静安寺路赫德路口一九二号公寓六楼六五室。爱玲，你可还记得我们第一次见面时的情景，想想也是好笑的，到现在我还无法解释当时的鲁莽。在《天地》上读了你的文，就想我是一定要见你的。从苏青那里抄得了你的地址后就急奔而来，得来的却是老妈妈一句：张小姐不见人的。我是极不死心的人，想要做的事一刻也耽搁不下，想要见的人是一定要见的。那时只有一个念头，“世上但凡有一句话，一件事，是关于张爱玲的，便皆成为好”。当即就立于你家门口写下我的电话和地址，从门缝塞进。

你翌日下午就打电话过来，我正在吃午饭，听得电话铃声，青芸要去接，我那时仿佛已感应是你的，就自己起身接了。你说你一会儿来看我，我就饭也不吃了，坐也不是，立也不是，吩咐青芸泡茶，只等你来了。我那时住大西路美丽园，离你家不远，不一会你就来了。我们一谈就是五个小时，茶喝淡了一壶又一壶。爱玲，你起身告辞，我是要坚持送你归去。二月末的天气里，我们并肩走在大西路上，梧桐树儿正在鼓芽，一枝枝蠢蠢欲动的模样，而我们，好得已经宛若多年的朋友。

翌日一早，忍不住地一睁开眼就想要见到你，我打电话去，老妈妈接的，说张先生忙了一夜，在休息。但我还是很早就去了，从电梯管理员那里拿了报纸，坐于你家门口的楼梯上等你。老妈妈开门出去买菜，见到我，一定要我到屋里坐，我怕扰了你，还是坐在楼梯上安心，直到你醒。你从门洞里歪出半张脸，眼睛里看得到你是欣喜的，这是我希望得到的回应。换了鞋，跟在你身后进了房间，你房里竟是华贵到使我不安，那陈设与家具原简单，亦不见得很值钱，但竟是无价的，一种现代的新鲜明亮几乎是带刺激性……当时我就想："三国时东京最繁华，刘备到孙夫人房里竟然胆怯，爱玲，你的房里亦像这样的有兵气。在爱玲面前，我想说什么都像生手抱胡琴，辛苦吃力，仍道不着正字眼，丝竹之音变为金石之声。"那天，你穿宝蓝绸裤袄，戴了嫩黄边框眼镜，越显得脸儿像月亮。你给我倒茶，放了糖的，才知道你原是跟孩子一般极喜欢甜食的。此后的数日，每隔一日，我是必去的，到后来竟是止不住地天天要去了，而你也是愿意见我的。我们整夜整夜地说话，才握着手，天就快亮了。

这样，有半年光景，我们就结婚了。可是世事布下的局，谁能破了？

之后，因时局发展，我又辗转武汉，在那里认识小周，自此背信于你。可是生在那个动荡的年代，人人都要疯掉了。次年，日本无条件投降，我被划为文化汉奸被政府通缉，到温州老家避难，与秀美成婚。你来看我，要我于小周同你之间做出选择，我不愿舍去小周，更不愿失去你，我无法给出选择，你在大雨中离去。间隔没几日，我又回到上海，去你那里，我们再不像从前那般亲近，甚至我轻触你手臂时，你低吼一声，再不愿我碰你。我睡了沙发，早晨去看你，你一伏在我肩头哽咽一声“兰成”，没想到那竟是我们最后一面。我起身离去，回到温州。数月后收到你寄来的诀别信，随信附一张三十万的支票，是你的《太太万岁》和《不了情》的剧本费。

自你与我分手后，我依旧是每写一文都要寄予你，直至写成《吾妻张爱玲》后，你把我寄去的所有书信原址退回。想我是不自量力的，而你是说到做到的。“我已经不喜欢你了，你是早已经不喜欢我的了。这次的决心，是我经过一年半的长时间考虑的。你不要再来寻我，即或写信来，我亦是不看了。”爱玲是真的不喜欢我了，那个“见了他，她变得很低很低，低到尘埃里，但她心里是欢喜的，从尘埃里开出花来”的爱玲不见了。爱玲，记否我们初见时我写给你的“因为懂得，所以慈悲”？如今看来，我终究是不能明白你的。你原是极心高气傲的，宁可重新回到尘埃之中，也不甘让我时时仰望了。之前我竟一直愚笨到想你永远是我窗前的那轮明月，我只要抬头，是时时都能仰望见你的。

上次遇见炎樱，炎樱说我们：“两个超自以为是的人，不在一起，未必是个悲剧。”我说：“爱玲一直在我心上，是爱玲不要我了。”听了这话炎樱在笑，又说：“两个人于千万人当中相遇并且性命相知的，什么大的仇恨要不爱了呢，必定是你伤她心太狠。有一次和张爱玲一起睡觉，张爱玲在梦中喊出‘兰成’二字，可见张爱玲对你，是完全倾心，没有任何条件的，哪怕你偷偷与苏青密会，被她撞个正着。还有秀美为你堕胎，是张爱玲给青芸一把金手镯让她当了换钱用。这些，虽然她心头酸楚，但也罢了，因为你在婚约上写的要给她现世安稳的。”我无语，只能用李商隐的两句诗“星沉海底当窗见，雨过河源隔座看”来形容我的懊悔。当时炎樱是我们的证婚人，你在婚书上写道：“胡兰成与张爱玲签订终身，结为夫妇。”我亲手在后面又加了一句“愿使岁月静好，现世安稳”的，可是没有做到的是我。

忽儿又想起那日你对我说：“我自将萎谢了……”不，爱玲，我立时慌张起来，你要好好的。我去找你，熟悉的静安寺路，熟悉的一九二号公寓六楼六五室，矗立门前，门洞紧闭。我曾经无数次地在门洞打开后看到你可爱的脸，可是你毕竟是不在了。六三室的妇人粗声对我说六个月前你已经搬走。我想象不出那一屋的华贵随你到了哪里，那一层金黄的阳光如今移居到了哪儿，还有那随风翻飞的蓝色窗帘遗落在何处。离开的时候第一次没走楼梯，我在这昏黄的公寓楼梯间里隔着电梯的铁栅栏，一层层地降落，仿佛没有尽头，又恍惚如梦，我仿佛是横越三世来见你的，而你却不在。

想你与我之间的事，仿佛是做了一场梦，你是一直清醒着的，而我……

梦醒来，我身在忘川，立在属于我的那块三生石旁，三生石上只有爱玲的名字，可是我看不到爱玲你在哪儿，原是今生今世已惘然，山河岁月空惆怅，而我，终将是要等着你的。

bèi yǐng
背 影

朱自清

"我买几个橘子去。

你就在此地，不要走动。"

我与父亲不相见已二年余了，我最不能忘记的是他的背影。那年冬天，祖母死了，父亲的差使也交卸了，正是祸不单行的日子。我从北京到徐州，打算跟着父亲奔丧回家。到徐州见着父亲，看见满院狼藉的东西，又想起祖母，不禁簌簌地流下眼泪。父亲说，“事已如此，不必难过，好在天无绝人之路！”

回家变卖典质，父亲还了亏

空；又借钱办了丧事。这些日子，家中光景很是惨淡，一半为了丧事，一半为了父亲赋闲。丧事完毕，父亲要到南京谋事，我也要回北京念书，我们便同行。

到南京时，有朋友约去游逛，勾留了一日；第二日上午便须渡江到浦口，下午上车北去。父亲因为事忙，本已说定不送我，叫旅馆里一个熟识的茶房陪我同去。他再三嘱咐茶房，甚是仔细。但他终于不放心，怕茶房不妥帖；颇踌躇了一会。其实我那年已二十岁，北京已来往过两三次，是没有甚么要紧的了。他踌躇了一会，终于决定还是自己送我去。我再三劝他不必去；他只说："不要紧，他们去不好！"

我们过了江，进了车站。我买票，他忙着照看行李。行李太多了，得向脚夫行些小费，才可过去。他便又忙着和他们讲价钱。我那时真是聪明过分，总觉他说话不大漂亮，非自己插嘴不可，但他终于讲定了价钱；就送我上车。他给我拣定了靠车门的一张椅子；我将他给我做的紫毛大衣铺好座位。他嘱我路上小心，夜里要警醒些，不要受凉。又嘱托茶房好好照应我。我心里暗笑他的迂；他们只认得钱，托他们真是白托！而且我这样大年纪的人，难道还不能料理自己么？唉，我现在想想，那时真是太聪明了！

我说道："爸爸，你走吧。"他往车外看了看，说，"我买几个橘子去。你就在此地，不要走动。"我看那边月台的栅栏外有几个卖东西的等着顾客。走到那边月台，须穿过铁道，须跳下去又爬上去。父亲是一个胖子，走过去自然要费事些。我本来要去的，他不肯，只好让他去。我看见他戴着黑布小帽，穿着黑布大马褂，深青布棉袍，蹒跚地走到铁道边，慢慢探身下去，尚不大难。可是他穿过铁道，要爬上那边月台，就不容易了。他用两手攀着上面，两脚再向上缩；他肥胖的身子向左微倾，显出努力的样子，这时我看见他的背影，我的泪很快地流下来了。我赶紧拭干了泪，怕他看见，也怕别人看见。我再向外看时，他已抱了朱红的橘子往回走了。过铁道时，他先将橘子散放在地上，自己慢慢爬下，再抱起橘子走。到这边时，我赶紧去搀他。他和我走到车上，将橘子一股脑儿放在我的皮大衣上。于是扑扑衣上的泥土，心里很轻松似的。过一会说："我走了，到那边来信！"我望着他走出去。他走了几步，回过头看见我，说："进去吧，里边没人。"等他的背影混入来来往往的人里，再找不着了，我便进来坐下，我的眼泪又来了。

近几年来，父亲和我都是东奔西走，家中光景是一日不如一日。他少年出外谋生，独立支持，做了许多大事。哪知老境却如此颓唐！他触目伤怀，自然情不能自已。情郁于中，自然要发之于外；家庭琐屑便往往触他之怒。他待我渐渐不同往日。但最近两年不见，他终于忘却我的不好，只是惦记着我，惦记着我的儿子。我北来后，他写了一信给我，信中说道，"我身体平安，惟膀子疼痛厉害，举箸提笔，诸多不便，大约大去之期不远矣。"我读到此处，在晶莹的泪光中，又看见那肥胖的，青布棉袍，黑布马褂的背影。唉！我不知何时再能与他相见！

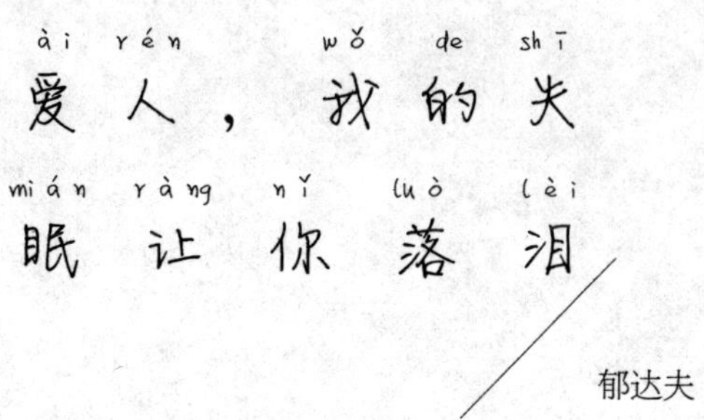

很多事情我们都过来了，还怕这个么？

爱人，我的失眠让你落泪，这些泪水竟然落到了我们的故事里，让我胆战心惊，让我惶恐不安，让我在最深的夜晚，那些迷蒙的知觉中苟延残喘，只有孤灯和网络数字搀扶我飘荡的灵魂，那些灵魂是你的，那些灵魂是很久以前就被你完全收走，完全放进你飘来飘去的行囊，轻轻淡淡地码放在一个角落，却无人造访。

爱人，泪水是关于失眠的所

有情节的。我很幸运地无辜，因为我已经让你美好的胡搅抓住，被你调皮的蛮缠无限扩大，从你乱梦中醒来的孤单将这种扩展铺满了整个天空。所以我是万恶，我这时的一举一动都渲染了让你厌恶的色彩，你应该知道这是多么的不准确。

爱人，没有什么大不了的事。不就是失眠么，不就是睡觉么，不就是作息时间问题么。你要知道，在你之前很久我就被岁月一下一下锻造成这种德行，岁月伸出一只肥厚的手掌把玩我的倦意，让我黑白颠倒，昼伏夜出，已经十年了。一天一夜是改不过来的。

所以你的哭泣虽然美丽，但是虚幻，虽然忧伤，但是带有真正的喜剧色彩。我们都在一起了，很多事情我们都过来了，还怕这个么？我对你的迷恋穿梭在这广袤的夜空，你的梦如轻纱，缓缓掠过我满布皱纹的额头。体温隔着房间相互交融，你在均匀地呼吸，我在寂静中劳作。爱人，这就是幸福。

zuò dà gē de rén
做大哥的人

巴金

一个还没有满二十岁的青年就这样地走进了社会。他没有一点处世的经验，好像划了一只独木舟驶进了大海，不用说狂风大浪在等着他。

我的大哥生来相貌清秀，自小就很聪慧，在家里得到父母的宠爱，在书房里又得到教书先生的称赞。看见他的人都说他日后会有很大的成就。母亲也很满意这样一个“宁馨儿”。

他在爱的环境里逐渐长成。我们回到成都以后，他过着一位被宠爱的少爷的生活。辛亥革命的前夕，三叔带着两个镖客回到成都。大哥便跟镖客学习武艺。

父亲对他抱着很大的希望，想使他做一个“文武全才”的人。

每天早晨天还没有大亮，大哥便起来，穿一身短打，在大厅上或者天井里练习打拳使刀。他从两个镖客那里学到了他们的全套本领。我常常看见他在春天的黄昏舞动两把短刀。两道白光连接成了一根柔软的丝带，蛛网一般地掩盖住他的身子，像一颗大的白珠子在地上滚动。他那灵活的舞刀的姿态甚至博得了严厉的祖父的赞美，还不说那些胞姐、堂姐和表姐们。

他后来进了中学。在学校里他是一个成绩优良的学生，四年课程修满毕业的时候他又名列第一。他得到毕业文凭归来的那一天，姐姐们聚在他的房里，为他的光辉的前程庆祝。他们有一个欢乐的聚会。大哥当时对化学很感兴趣，希望毕业以后再到上海或者北京的有名的大学里去念书，将来还想到德国去留学。他的脑子里装满了美丽的幻想。

然而不到几天，他的幻想就被父亲打破了，非常残酷地打破了。因为父亲给他订了婚，叫他娶妻了。

这件事情他也许早猜到一点点，但是他料不到父亲就这么快地给他安排好了一切。在婚姻问题上父亲并不体贴他，新来的继母更不会知道他的心事。

他本来有一个中意的姑娘，他和她中间似乎发生了一种旧式的若有若无的爱情。那个姑娘是我的一个表姐，我们都喜欢她，都希望他能够同她结婚。然而父亲却给他另外选了一个张家姑娘。

父亲选择的方法也很奇怪。当时给大哥做媒的人有好几个，父亲认为可以考虑的有两家。父亲不能够决定这两个姑娘中间究竟哪一个更适宜做他的媳妇，因为两家的门第相等，请来做媒的人的情面又是同样地大。后来父亲就把两家的姓写在两方小红纸块上面，揉成了两个纸团，捏在手里，到祖宗的神主面前诚心祷告了一番，然后随意拈起了一个纸团。父亲拈了一个“张”字，而另外一个毛家的姑娘就这样地被淘汰了。（据说母亲在时曾经向表姐的母亲提过亲事，而姑母却以“自己已经受够了亲上加亲的苦，不愿意让女儿再来受一次”这理由拒绝了，这是三哥后来告诉我的。拈阄的结果我却亲眼看见。）

大哥对这门亲事并没有反抗，其实他也不懂得反抗。我不知道他向父亲提过他的升学的志愿没有，但是我可以断定他不会向父亲说起他那若有若无的爱情。

于是嫂嫂进门来了。祖父和父亲因为大哥的结婚在家里演戏庆祝。结婚的仪式自然不简单。大哥自己也在演戏，他一连演了三天的戏。在这些日子里他被人宝爱着像一个宝贝；被人玩弄着像一个傀儡。他似乎有一点点快乐，又有一点点兴奋。

他结了婚，祖父有了孙媳，父亲有了媳妇，我们有了嫂嫂，别的许多人也有了短时间的笑乐。但是他自己也并非一无所得。他得了一个体贴他的温柔的姑娘。她年轻，她读过书，她会作诗，她会画画。他满意了，在短时期中他享受了以前所不曾梦想到的种种乐趣。在短时期中他忘记了他的前程，忘记了升学的志愿。

他陶醉在这个少女的温柔的抚爱里。他的脸上常带笑容，他整天躲在房里陪伴他的新娘。

他这样幸福地过了两三个月。一个晚上父亲把他唤到面前吩咐道：“你现在接了亲，房里添出许多用钱的地方；可是我这两年来入不敷出，又没有多余的钱给你们用，我只好替你找个事情混混时间，你们的零用钱也可以多一点。”

父亲含着眼泪温和地说下去。他唯唯地应着，没有说一句不同意的话。可是回到房里他却倒在床上伤心地哭了一场。他知道一切都完结了！

一个还没有满二十岁的青年就这样地走进了社会。他没有一点处世的经验，好像划了一只独木舟驶进了大海，不用说狂风大浪在等着他。

在这些时候他忍受着一切，他没有反抗，他也不知道反抗。

月薪是二十四元。为了这二十四个银元的月薪他就断送了自己的前程。

然而灾祸还不曾到止境。一年以后父亲突然死去，把我们这一房的生活的担子放到他的肩上。他上面有一位继母，下面有几个弟弟妹妹。

他埋葬了父亲以后就平静地挑起这个担子来。他勉强学着上了年纪的人那样来处理一切。我们一房人的生活费用自然是由祖父供给的。（父亲的死引起了我们大家庭第一次的分家，我们这一房除了父亲自己购置的四十亩田外，还从祖父那里分到了两百亩田。）他用不着在这方面操心。然而其他各房的仇视、攻击、陷害和暗斗却使他难于应付。他永远平静地忍受了一切，不管这仇视、攻击、陷害和暗斗愈来愈厉害。他只有一个办法：处处让步来换取暂时的平静生活。

后来他的第一个儿子出世了。祖父第一次看见了重孙，自然非常高兴。大哥也感到了莫大的快乐。儿子是他的亲骨血，他可以好好地教养他，在他的儿子的身上实现他那被断送了的前程。

他的儿子一天一天长大起来，是一个非常聪明可爱的孩子，得到了我们大家的喜爱。

接着五四运动发生了。我们都受到了新思潮的洗礼。他买了好些新书报回家。我们（我们三弟兄和三房的六姐，再加上一个香表哥）都贪婪地读着一切新的书报，接受新的思想。然而他的见解却比较温和。他赞成刘半农的“作揖主义”和托尔斯泰的“无抵抗主义”。他把这种理论跟我们大家庭的现实环境结合起来。

他一方面信服新的理论，一方面依旧顺应旧的环境生活下去。顺应环境的结果，就使他逐渐变成了一个有两重人格的人。在旧社会，旧家庭里他是一位暮气十足的少爷；在他同我们一块儿谈话的时候，他又是一个新青年了，这种生活方式是我和三哥所不能够了解的，我们因此常常责备他。我们不但责备他，而且时常在家里做一些带反抗性的举动，给他招来祖父的更多的责备和各房的更多的攻击与陷害。

祖父死后，大哥因为做了承重孙（听说他曾经被一个婶娘暗地里唤做“承重老爷”），便成了明枪暗箭的目标。他到处磕头作揖想讨好别人，也没有用处；同时我和三哥的带反抗性的言行又给他招来更多的麻烦。

我和三哥不肯屈服。我们不愿意敷衍别人，也不愿意牺牲自己的主张，我们对家里一切不义的事情都要批评，因此常常得罪叔父和婶娘。他们没有办法对付我们，因为我们不承认他们的威权。他们只好在大哥的身上出气，对他加压力，希望通过他使我们低头。不用说这也没有用。可是大哥的处境就更困难了。他不能够袒护我们，而我们又不能够谅解他。

有一次我得罪了一个婶娘，她诬我打肿了她的独子的脸颊。我亲眼看见她自己在盛怒中把我那个堂弟的脸颊打肿了，她却牵着堂弟去找我的继母讲理。大哥要我向她赔礼认错，我不肯。他又要我到二叔那里去求二叔断公道。但是我并不相信二叔会主张公道。结果他自己代我赔了礼认错，还受到了二叔的申斥。他后来到我的房里，含着眼泪讲了一两个钟头，惹得我也淌了泪。但是我并没有答应以后改变态度。

像这样的事情是很多的。他一个人平静地代我们受了好些过，我们却不能够谅解他的苦心。我们说他的牺牲是不必要的。我们的话也并不错，因为即使没有他代我们受这承提了一切，叔父和婶娘也无法加害到我们的身上来。不过麻烦总是免不了的。

然而另一个更大的打击又来了。他那个聪明可爱的儿子还不到四岁，就害脑膜炎死掉了。他的希望完全破灭了。他的悲哀是很大的。

他的内心的痛苦已经深到使他不能够再过平静的生活了。在他的身上偶尔出现了神经错乱的现象。他称这种现象做“痰病”。幸而他发病的时间不多。

后来他居然帮助我和三哥（二叔也帮了一点忙，说句公平的话，二叔后来对待大哥和我们相当亲切）同路离开成都，以后又让我单独离开中国。他盼望我们几年以后学到一种专长就回到成都去“兴家立业”。但是我和三哥两个都违背了他的期望。我们一出川就没有回去过。尤其是我，不但不进工科大学，反而因为到法国的事情写过两三封信去跟他争论，以后更走了与他的期望相反的道路。不仅他对我绝了望，而且成都的亲戚们还常常拿我来做坏子弟的榜样，叫年轻人不要学我。

我从法国回来的第二年他也到了上海。那时三哥在北平，没有能够来上海看他。我们分别了六年如今又有机会在一起谈笑了，两个人都很高兴。我们谈了别后的许多事情，谈到三姐的惨死，谈到二叔的死，谈到家庭间的种种怪现象。我们弟兄的友爱并没有减少，但是思想的差异却更加显著了。他完全变成了旧社会中一位诚实的绅士了。

他在上海只住了一个月。我们的分别是相当痛苦的。我把他送到了船上。他已经是泪痕满面了。我和他握了手说一句：“一路上好好保重。”正要走下去，他却叫住了我。他进了舱去打开箱子，拿出一张唱片给我，一面抽咽地说：“你拿去唱。”我接到手一看，是G. F. 女士唱的《Sonny Boy》，两个星期前我替他在谋得利洋行买的。他知道我喜欢听这首歌，所以想起了把唱片拿出来送给我。然而我知道他也同样地爱听它。这时候我很不愿意把他喜欢的东西从他的手里夺去。但是我又一想我已经有许多次违抗过他的劝告了，这一次我不愿意在分别的时候使他难过。表弟们在下面催促我。我默默地接过了唱片。我那时的心情是不能够用文字表达的。

我和表弟们坐上了划子，让黄浦江的风浪颠簸着我们。我望着外滩一带的灯光，我记起我是怎样地送别了一个我所爱的人，我的心开始痛起来，我的不常哭泣的眼睛里竟然淌下了泪水。

他回到成都写了几封信给我。后来他还写过一封诉苦的信。他说他会自杀，倘使我不相信，到了那一天我就会明白一切。但是他始终未说出原因来。所以我并不曾重视他的话。

然而在一九三一年春天的一个早晨，他果然就用毒药断送了他的年轻的生命。两个月以后我才接到了他的二十页的遗书。在那上面我读着这样的话：

"卖田以后……我即另谋出路。无如我求速之心太切，以为投机亭业虽险，却很容易成功。前此我之所以失败，全是因为本钱是借贷来的，要受时间和大利的影响。现在我们自己的钱放在外边一样收利，我何不借自己的钱来做，一则利息也轻些，二则不受时间影响。用自己的钱来做，果然得了小利。……所以陆续把存放的款子提回来，作贴现之用，每月可收百数十元。做了几个月，很顺利。于是我就放心大胆地做去了。……哪晓得年底一病就把我毁了，等我病好出外一看，才知道我们的养命根源已经化成了水。

好，好！既是这样，有什么话说！所以我生日那天，请大家看戏后，就想自杀。但是我实在舍不得家里的人。多看一天算一天，混一天。现在混不下去了。我也不想向别人骗钱来用。算了吧。如果活下去，那才是骗人呢。……我死之后不用什么埋葬，随便分尸也可，或者听野兽吃也可。因我应得之罪累及家人受此痛苦，望从重对我的尸体加以处罚……”

这就是大哥自杀的动机了。他究竟是为了顾全绅士的面子而死，还是因为不能够忍受未来的更痛苦的生活，我虽然熟读了他的遗书，被里面一些极凄惨的话刺痛了心，但是我依旧不能够了解。我只知道他不愿意死，而且他也没有死的必要。我知道他写了三次遗书，又三次把它毁了。甚至在第四次的遗书里他还不自觉地喊着：“我不愿意死。”然而他终于像一个诚实的绅士那样吞食了自己摘下的苦果而死去了。结果他在那般虚伪的绅士眼前失掉了面子，并且把更痛苦的生活留给他的妻子和一儿四女（其中有四个我并未见过）。我们的叔父婶娘们在他死后还到他家里逼着讨他生前欠的债；至于别人借他的钱，那就等于“付之东流”了。

大哥终于做了一个不必要的牺牲者而死去了。他这一生完全是在敷衍别人，任人播弄。他知道自己已经逼近了深渊，却依旧跟着垂死的旧家庭一天一天地陷落下去，终于到了完全灭顶的一天。他便不得不像一个诚实的绅士那样拿毒药做他唯一的拯救了。

他被旧礼教、旧思想害了一生，始终不能够自拔出来。其实他是被旧制度杀死的。然而这也是咎由自取。在整个旧制度大崩溃的前夕，对于他的死我不能有什么遗憾。然而一想到他是悲惨的一个，一想到他对我所做过的一切，一想到我所带给他的种种痛苦，我就不能不痛切地感觉到我丧失了一个爱我最深的人了。

fù dé yǒng jiǔ de huǐ
赋得永久的悔

季羡林

我这永久的悔就是：

不该离开故乡，离开母亲。

题目是韩小蕙小姐出的，所以名之曰“赋得”。但文章是我心甘情愿作的，所以不是八股。

我为什么心甘情愿作这样一篇文章呢？一言以蔽之，题目出得好，不但实获我心，而且先获我心：我早就想写这样一篇东西了。

我已经到了望九之年。在过去的七八十年中，从乡下到城里；从国内到国外；从小学、中学、大学到洋研究院；从“志于学”到超过“从心所欲不逾矩”，曲曲“山重水复疑无路”，又看到“柳暗花明又一村”。喜悦与忧伤并驾，失望与希望齐飞，我的经历可谓多矣。要讲后悔之事，那是俯拾皆是。要选其中最深切、最真实、最难忘的悔，也就是永久的悔，那也是唾手可得，因为它片刻也没有离开过我的心。

我这永久的悔就是：不该离开故乡，离开母亲。

我出生在鲁西北一个极端贫困的村庄里。我们家是贫中之贫，真可以说是贫无立锥之地。十年浩劫中，我自己跳出来反对北大那一位倒行逆施但又炙手可热的“老佛爷”，被她视为眼中钉，必欲除之而后快。她手下的小喽啰们曾两次窜到我的故乡，处心积虑地把我“打”成地主，他们那种狗仗人势穷凶极恶的教师爷架子，并没有能吓倒我的乡亲。我小时候的一位伙伴指着他们的鼻子，大声说：“如果让整个官庄来诉苦的话，季羡林家是第一家！”

这一句话并没有夸大，他说的是实情。我祖父母早亡，留下了我父亲等三个兄弟，孤苦伶仃，无依无靠。最小的一叔送了人。我父亲和九叔饿得没有办法，只好到别人家的枣林里去捡落到地上的干枣充饥。这当然不是长久之计。最后兄弟俩被逼背井离乡，盲流到济南去谋生。此时他俩也不过十几二十岁。在举目无亲的大城市里，必然是经过千辛万苦，九叔在济南落住了脚。于是我父亲就回到了故乡，说是农民，但又无田可耕。又必然是经过千辛万苦，九叔从济南有时寄点钱回家，父亲赖以生活。不知怎么一来，竟然寻（读 x í n）上了媳妇，她就是我的母亲。母亲的娘家姓赵，门当户对，她家穷得同我们家差不多，否则也决不会结亲。她家里饭都吃不上，哪里有钱、有闲上学。所以我母亲一个字也不识，活了一辈子，连个名字都没有。她家是在另一个庄上，离我们庄五里路。这个五里路就是我母亲毕生所走的最长的距离。

北京大学那一位“老佛爷”要“打”成“地主”的人，也就是我，就出生在这样一个家庭里，就有这样一位母亲。

后来我听说，我们家确实也“阔”过一阵。大概在清末民初，九叔在东三省用口袋里剩下的最后五角钱，买了十分之一的湖北水灾奖券，中了奖。兄弟俩商量，要“富贵而归故乡”，回家扬一下眉，吐一下气。于是把钱运回家，九叔仍然留在城里，乡里的事由父亲一手张罗，他用荒唐离奇的价钱，买了砖瓦，盖了房子。又用荒唐离奇的价钱，置了一块带一口水井的田地。一时兴会淋漓，真正扬眉吐气了。可惜好景不长，我父亲又用荒唐离奇的方式，仿佛宋江一样，豁达大度，招待四方朋友。一转瞬间，盖成的瓦房又拆了卖砖、卖瓦。有水井的田地也改变了主人。全家又回归到原来的情况。我就是在这个时候，在这样的情况下降生到人间来的。

母亲当然亲身经历了这个巨大的变化。可惜，当我同母亲住在一起的时候，我只有几岁，告诉我，我也不懂。所以，我们家这一次陡然上升，又陡然下降，只像是昙花一现，我到现在也不完全明白。这谜恐怕要成为永恒的谜了。

不管怎样，我们家又恢复到从前那种穷困的情况。后来听人说，我们家那时只有半亩多地。这半亩多地是怎么来的，我也不清楚。一家三口人就靠这半亩多地生活。城里的九叔当然还会给点接济，然而像中湖北水灾奖那样的事儿，一辈子有一次也不算少了。九叔没有多少钱接济他的哥哥了。

家里日子是怎样过的，我年龄太小，说不清楚。反正吃得极坏，这个我是懂得的。按照当时的标准，吃“白的”（指麦子面）最高，其次是吃小米面或棒子面饼子，最次是吃红高粱饼子，颜色是红的，像猪肝一样。“白的”与我们家无缘。“黄的”（小米面或棒子面饼子颜色都是黄的）与我们缘分也不大。终日为伍者只有“红的”。这“红的”又苦又涩，真是难以下咽。但不吃又害饿，我真有点谈“红”色变了。

但是，小孩子也有小孩子的办法。我祖父的堂兄是一个举人，他的夫人我喊她奶奶。他们这一支是有钱有地的。虽然举人死了，但家境依然很好。我这一位大奶奶仍然健在。她的亲孙子早亡，所以把全部的钟爱都倾注到我身上来。她是整个官庄能够吃“白的”的仅有的几个人中之一。她不但自己吃，而且每天都给我留出半个或者四分之一个白面馍馍来。我每天早晨一睁眼，立即跳下炕来向村里跑，我们家住在村外。我跑到大奶奶跟前，清脆甜美地喊上一声：“奶奶！”她立即笑得合不上嘴，把手缩回到肥大的袖子，从口袋里掏出一小块馍馍，递给我，这是我一天最幸福的时刻。

此外，我也偶尔能够吃一点“白的”，这是我自己用劳动换来的。一到夏天麦收季节，我们家根本没有什么麦子可收。对门住的宁家大婶子和大姑——她们家也穷得够呛——就带我到本村或外村富人的地里去“拾麦子”。所谓“拾麦子”就是别家的长工割过麦子，总还会剩下那么一点点麦穗，这些都是不值得一捡的，我们这些穷人就来“拾”。因为剩下的决不会多，我们拾上半天，也不过拾半篮子，然而对我们来说，这已经是如获至宝了。一定是大婶和大姑对我特别照顾，以一个四五岁、五六岁的孩子，拾上一个夏天，也能拾上十斤八斤麦粒。这些都是母亲亲手搓出来的。为了对我加以奖励，麦季过后，母亲便把麦子磨成面，蒸成馍馍，或贴成白面饼子，让我解馋。我于是就大快朵颐了。

记得有一年，我拾麦子的成绩也许是有点“超常”。到了中秋节——农民嘴里叫“八月十五”——母亲不知从哪里弄了点月饼，给我掰了一块，我就蹲在一块石头旁边，大吃起来。在当时，对我来说，月饼可真是神奇的东西，龙肝凤髓也难以比得上的，我难得吃一次。我当时并没有注意，母亲是否也在吃。现在回想起来，她根本一口也没有吃。不但是月饼，连其他“白的”，母亲从来都没有尝过，都留给我吃了。她大概是毕生就与红色的高粱饼子为伍。到了歉年，连这个也吃不上，那就只有吃野菜了。

至于肉类，吃的回忆似乎是一片空白。我老娘家隔壁是一家卖煮牛肉的作坊。给农民劳苦耕耘了一辈子的老黄牛，到了老年，耕不动了，几个农民便以极其低的价钱买来，用极其野蛮的办法杀死，把肉煮烂，然后卖掉。老牛肉难煮，实在没有办法，农民就在肉锅里小便一通，这样肉就好烂了。农民心肠好，有了这种情况，就昭告四邻："今天的肉你们别买！"老娘家穷，虽然极其疼爱我这个外孙，也只能用土罐子，花几个制钱，装一罐子牛肉汤，聊胜于无。记得有一次，罐子里多了一块牛肚子，这就成了我的专利。我舍不得一气吃掉，就用生了锈的小铁刀，一块一块地割着吃，慢慢地吃。这一块牛肚真可以同月饼媲美了。

"白的"、月饼和牛肚难得，"黄的"怎样呢？"黄的"也同样难得。但是，尽管我只有几岁，我却也想出了办法。到了春、夏、秋三个季节，庄外的草和庄稼都长起来了。我就到庄外去割草，或者到人家高粱地里去劈高粱叶。劈高粱叶，田主不但不禁止，而且还欢迎；因为叶子一劈，通风情况就能改进，高粱长得就能更好，粮食打得就能更多。草和高粱叶都是喂牛用的。我们家穷，从来没有养过牛。我二大爷家是有地的，经常养着两头大牛。我这草和高粱叶就是给它们准备的。每当我这个不到三块豆腐高的孩子背着一大捆草或高粱叶走进二大爷的大门，我心里有所恃而不恐，把草放在牛圈里，赖着不走，总能蹭上一顿"黄的"吃，不会被二大娘"卷"（我们那里的土话，意思是"骂"）出来。到了过年的时候，自己心里觉得，在过去的一年里，自己喂牛立了功，又有了勇气到二大爷家里赖着吃黄面糕。黄面糕是用黄米面加上枣蒸成的。颜色虽黄，却位列"白的"之上，因为一年只在过年时吃一次，物以稀为贵，于是黄面糕就贵了起来。

我上面讲的全是吃的东西。为什么一讲到母亲就讲起吃的东西来了呢？原因并不复杂。第一，我作为一个孩子容易关心吃的东西。第二，所有我在上面提到的好吃的东西，几乎都与母亲无缘。除了“黄的”以外，其余她都不沾边儿。我在她身边只待到六岁，以后两次奔丧回家，待的时间也很短。现在我回忆起来，连母亲的面影都是迷离模糊的，没有一个清晰的轮廓。特别有一点，让我难解而又易解：我无论如何也回忆不起母亲的笑容来，她好像是一辈子都没有笑过。家境贫困，儿子远离，她受尽了苦难，笑容从何而来呢？有一次我回家听对面的宁大婶子告诉我说：“你娘经常说：‘早知道送出去回不来，我无论如何也不会放他走的！’”简短的一句话里面含着多少辛酸、多少悲伤啊！母亲不知有多少日日夜夜，眼望远方，盼望自己的儿子回来啊！然而这个儿子却始终没有归去，一直到母亲离开这个世界。

对于这个情况，我最初懵懵懂懂，理解得并不深刻。到上了高中的时候，自己大了几岁，逐渐理解了。但是自己寄人篱下，经济不能独立，空有雄心壮志，怎奈无法实现，我暗暗地下定了决心，立下了誓愿：一旦大学毕业，自己找到工作，立即迎养母亲，然而没有等到我大学毕业，母亲就离开我走了，永远永远地走了。古人说：“树欲静而风不止，子欲养而亲不待”，这话正应到我身上。我不忍想象母亲临终思念爱子的情况；一想到，我就会心肝俱裂，眼泪盈眶。当我从北平赶回济南，又从济南赶回清平奔丧的时候，看到了母亲的棺材，看到那简陋的屋子，我真想一头撞死在棺材上，随母亲于地下。我后悔，我真后悔，我千不该万不该离开了母亲。世界上无论什么名誉，什么地位，什么幸福，什么尊荣，都比不上待在母亲身边，即使她一个字也不识，即使整天吃“红的”。

这就是我的“永久的悔”。

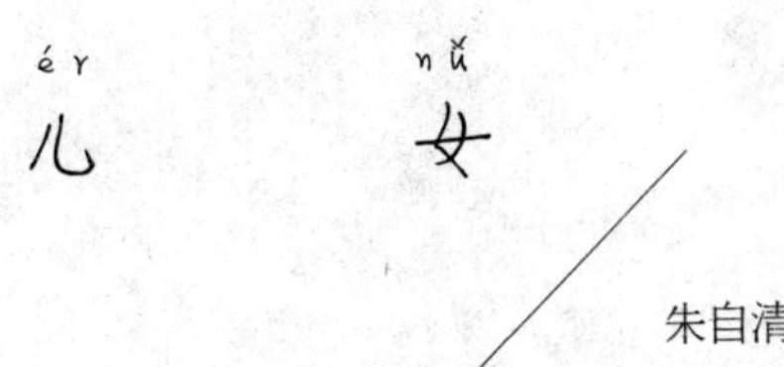

我只希望如我所想的，

从此好好地做一回父亲，

便自称心满意。

我现在已是五个儿女的父亲了。想起圣陶喜欢用的“蜗牛背了壳”的比喻，便觉得不自在。新近一位亲戚嘲笑我说，“要剥层皮呢！”更有些悚然了。十年前刚结婚的时候，在胡适之先生的《藏晖室札记》里，见过一条，说世界上有许多伟大的人物是不结婚的；文中并引培根的话，“有妻子者，其命定矣。”当时确吃了一惊，仿佛梦醒一般；但是家里已是不由分说给娶了媳妇，又有甚么可说？现在是一个媳妇，跟着来了五个孩子；两个肩头上，加上这么重一副担子，真不知怎样走才好。“命定”是不用说了；从孩子们那一面说，他们该怎样长大，也正是可以忧虑的事。我是个彻头彻尾自私的人，做丈夫已是勉强，做父亲更是不成。自然，“子孙崇拜”，“儿童本位”的哲理或伦理，我也有些知道；既做着父亲，闭了眼抹杀孩子们的权利，知道是不行的。可惜这只是理论，实际上我是仍旧按照古老的传统，在野蛮地对付着，和普通的父亲一样。近来差不多是中年的人了，才渐渐觉得自己的残酷；想着孩子们受过的体罚和叱责，始终不能辩解——像抚摩着旧创痕那样，我的心酸溜溜的。有一回，读了有岛武郎《与幼小者》的译文，对了那种伟大的，沉挚的态度，我竟流下泪来了。去年父亲来信，问起阿九，那时阿九还在白马湖呢；信上说，“我没有耽误你，你也不要耽误他才好。”我为这句话哭了一场；我为什么不像父亲的仁慈？我不该忘记，父亲怎样待我们来着！人性许真是二元的，我是这样地矛盾；我的心像钟摆似的来去。

你读过鲁迅先生的《幸福的家庭》么？我的便是那一类的“幸福的家庭”！每天午饭和晚饭，就如两次潮水一般。先是孩子们你来他去地在厨房与饭间里查看，一面催我或妻发“开饭”的命令。急促繁碎的脚步，夹着笑和嚷，一阵阵袭来，直到命令发出为止。他们一递一个地跑着喊着，将命令传给厨房里的佣人；便立刻抢着回来搬凳子。于是这个说，“我坐这儿！”那个说，

“大哥不让我！”大哥却说，“小妹打我！”我给他们调解，说好话。但是他们有时候很固执，我有时候也不耐烦，这便用着叱责了；叱责还不行，不由自主地，我的沉重的手掌便到他们身上了。于是哭的哭，坐的坐，局面才算定了。接着可又你要大碗，他要小碗，你说红筷子好，他说黑筷子好；这个要干饭，那个要稀饭，要茶要汤，要鱼要肉，要豆腐，要萝卜；你说他菜多，他说你菜好。妻是照例安慰着他们，但这显然是太迂缓了。我是个暴躁的人，怎么等得及？不用说，用老法子将他们立刻征服了；虽然有哭的，不久也就抹着泪捧起碗了。吃完了，纷纷爬下凳子，桌上是饭粒呀，汤汁呀，骨头呀，渣滓呀，加上纵横的筷子，欹斜的匙子，就如一块花花绿绿的地图模型。吃饭而外，他们的大事便是游戏。游戏时，大的有大主意，小的有小主意，各自坚持不下，于是争执起来；或者大的欺负了小的，或者小的竟欺负了大的，被欺负的哭着嚷着，到我或妻的面前诉苦；我大抵仍旧要用老法子来判断的，但不理的时候也有。最为难的，是争夺玩具的时候：这一个的与那一个的是同样的东西，却偏要那一个的；而那一个便偏不答应。在这种情形之下，不论如何，终于是非哭了不可的。这些事件自然不至于天天全有，但大致总有好些起。我若坐在家里看书或写什么东西，管保一点钟里要分几回心，或站起来一两次的。若是雨天或礼拜日，孩子们在家的多，那么，摊开书竟看不下一行，提起笔也写不出一个字的事，也有过的。我常和妻说，“我们家真是成日的千军万马呀！”有时是不但“成日”，连夜里也有兵马在进行着，在有吃乳或生病的孩子的时候！

我结婚那一年，才十九岁。二十一岁，有了阿九；二十三岁，又有了阿菜。那时我正像一匹野马，哪能容忍这些累赘的鞍鞯、辔头，和缰绳？摆脱也知是不行的，但不自觉地时时在摆脱着。现在回想起来，那些日子，真苦了这两个孩子；真是难以宽宥的种种暴行呢！阿九才两岁半的样子，我们住在杭州的学校里。不知怎地，这孩子特别爱哭，又特别怕生人。一不见了母亲，或来了客，就哇哇地哭起来了。学校里住着许多人，我不能让他扰着他们，而客人也总是常有的；我懊恼极了，有一回，特地骗出了妻，关了门，将他按在地下打了一顿。这件事，妻到现在说起来，还觉得有些不忍；她说我的手太辣了，到底还是两岁半的孩子！我近年常想着那时的光景，也觉黯然。阿菜在台州，那是更小了；才过了周岁，还不大会走路。也是为了缠着母亲的缘故吧，我将她紧紧地按在墙角里，直哭喊了三四分钟；因此生了好几天病。妻说，那时真寒心呢！但我的苦痛也是真的。我曾给圣陶写信，说孩子们的折磨，实在无法奈何；有时竟觉着还是自杀的好。这虽是气愤的话，但这样的心情，确也有过的。后来孩子是多起来了，磨折也磨折得久了，少年的锋棱渐渐地钝起来了；加以增长的年岁增长了理性的裁制力，我能够忍耐了——觉得从前真是一个“不成材的父亲”，如我给另一个朋友信里所说。但我的孩子们在幼小时，确比别人的特别不安静，我至今还觉如此。我想这大约还是由于我们抚育不得法；从前只一味地责备孩子，让他们代我们负起责任，却未免是可耻的残酷了！

正面意义的“幸福”，其实也未尝没有。正如谁所说，小的总是可爱，孩子们的小模样，小心眼儿，确有些教人舍不得的。阿毛现在五个月了，你用手指去拨弄她的下巴，或向她做趣脸，她便会张开没牙的嘴格格地笑，笑得像一朵正开的花。她不愿在屋里待着；待久了，便大声儿嚷。妻常说，“姑娘又要出去溜达了。”她说她像鸟儿般，每天总得到外面溜一些时候。闰儿上个月刚过了三岁，笨得很，话还没有学好呢。他只能说三四个字的短语或句子，文法错误，发音模糊，又得费气力说出；我们老是要笑他的。他说“好”字，总变成“小”字；问他“好不好？”他便说“小”，或“不小”。我们常常逗着他说这个字玩儿；他似乎有些觉得，近来偶然也能说出正确的“好”字了——特别在我们故意说成“小”字的时候。他有一只搪瓷碗，是一毛来钱买的；买来时，老妈子教给他，“这是一毛钱”。他便记住“一毛”两个字，管那只碗叫“一毛”，有时竟省称为“毛”。这在新来的老妈子，是必需翻译了才懂的。他不好意思，或见着生客时，便咧着嘴痴笑；我们常用了土话，叫他做“呆瓜”。他是个小胖子，短短的腿，走起路来，蹒跚可笑；若快走或跑，便更“好看”了。他有时学我，将两手叠在背后，一摇一摆的；那是他自己和我们都要乐的。他的大姊便是阿菜，已是七岁多了，在小学校里念着书。在饭桌上，一定得啰啰唆唆地报告些同学或他们父母的事情；气喘喘地说着，不管你爱听不爱听。说完了总问我：“爸爸认识么？”“爸爸知道么？”妻常禁止她吃饭时说话，所以她总是问我。她的问题真多：看电影便问电影里的是不是人？是不是真人？怎么不说话？看照相也是一样。不知谁告诉她，兵是要打人的。她回来便问，兵是人么？为什么打人？近来大约听了先生的话，回来又问张作霖的兵是帮谁的？蒋介石的兵是不是帮我们的？诸如此类的问题，每天短不了，常常闹得我不知怎样答才行。她和闰儿在一处玩儿，一大一小，不很合式，老是吵着哭着。但合式的时候也有：譬如这个往床底下躲，那个便钻进去追着；这个钻出来，那个也跟着——从这个床到那个床，只听见笑着，嚷着，喘着，真如妻所说，像小狗似的。现在在京的，便只有这三个孩子；阿九和转儿是去年北来时，让母亲暂时带回扬州去了。

阿九是欢喜书的孩子。他爱看《水浒》《西游记》《三侠五义》《小朋友》等；没有事便捧着书坐着或躺着看。只不欢喜《红楼梦》，说是没有味儿。是的，《红楼梦》的味儿，一个十岁的孩子，哪里能领略呢？去年我们事实上只能带两个孩子来；因为他大些，而转儿是一直跟着祖母的，便在上海将他俩丢下。我清清楚楚记得那分别的一个早上。我领着阿九从二洋泾桥的旅馆出来，送他到母亲和转儿住着的亲戚家去。妻嘱咐说，"买点吃的给他们吧。"我们走过四马路，到一家茶食铺里。阿九说要熏鱼，我给买了；又买了饼干，是给转儿的。便乘电车到海宁路。下车时，看着他的害怕与累赘，很觉恻然。到亲戚家，因为就要回旅馆收拾上船，只说了一两句话便出来；转儿望望我，没说什么，阿九是和祖母说什么去了。我回头看了他们一眼，硬着头皮走了。后来妻告诉我，阿九背地里向她说："我知道爸爸欢喜小妹，不带我上北京去。"其实这是冤枉的。他又曾和我们说，"暑假时一定来接我啊！"我们当时答应着；但现在已是第二个暑假了，他们还在迢迢的扬州待着。他们是恨着我们呢？还是惦着我们呢？妻是一年来老放不下这两个，常常独自暗中流泪；但我有什么法子呢！想到"只为家贫成聚散"一句无名的诗，不禁有些凄然。转儿与我较生疏些。但去年离开白马湖时，她也曾用了生硬的扬州话（那时她还没有到过扬州呢），和那特别尖的小嗓子向着我："我要到北京去。"她晓得什么北京，只跟着大孩子们说罢了；但当时听着，现在想着的我，却真是抱歉呢。这兄妹俩离开我，原是常事，离开母亲，虽也有过一回，这回可是太长了；小小的心儿，知道是怎样忍耐那寂寞来着！

我的朋友大概都是爱孩子的。少谷有一回写信责备我，说儿女的吵闹，也是很有趣的，何至可厌到如我所说；他说他真不解。子恺为他家华瞻写的文章，真是"蔼然仁者之言"。圣陶也常常为孩子操心：小学毕业了，到什么中学好呢？——这样的话，他和我说过两三回了。我对他们只有惭愧！可是近来我也渐渐觉着自己的责任。我想，第一该将孩子们团聚起来，其次便该给他们些力量。我亲眼见过一个爱儿女的人，因为不曾好好地教育他们，便将他们荒废了。他并不是溺爱，只是没有耐心去料理他们，他们便不能成材了。我想我若照现在这样下去，孩子们也便危险了。我得计划着，让他们渐渐知道怎样去做人才行。但是要不要他们像我自己呢？这一层，我在白马湖教初中学生时，也曾从师生的立场上问过丏尊，他毫不踌躇地说，“自然啰。”近来与平伯谈起教子，他却答得妙，“总不希望比自己坏啰。”是的，只要不“比自己坏”就行，“像”不“像”倒是不在乎的。职业，人生观等，还是由他们自己去定的好；自己顶可贵，只要指导，帮助他们去发展自己，便是极贤明的办法。

予同说，“我们得让子女在大学毕了业，才算尽了责任。”SK说，“不然，要看我们的经济，他们的材质与志愿；若是中学毕了业，不能或不愿升学，便去做别的事，譬如做工人吧，那也并非不行的。”自然，人的好坏与成败，也不尽靠学校教育；说是非大学毕业不可，也许只是我们的偏见。在这件事上，我现在毫不能有一定的主意；特别是这个变动不居的时代，知道将来怎样？好在孩子们还小，将来的事且等将来吧。目前所能做的，只是培养他们基本的力量——胸襟与眼光；孩子们还是孩子们，自然说不上高的远的，慢慢从近处小处下手便了。这自然也只能先按照我自己的样子：“神而明之，存乎其人”，光辉也罢，倒楣也罢，平凡也罢，让他们各尽各的力去。我只希望如我所想的，从此好好地做一回父亲，便自称心满意。——想到那“狂人”救救孩子的呼声，我怎敢不悚然自勉呢？

飘零

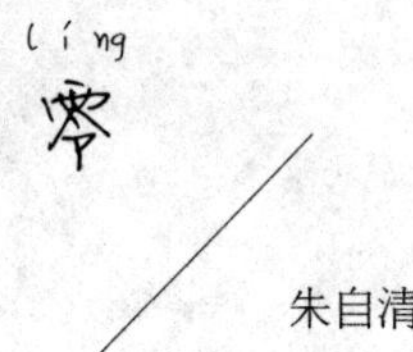

朱自清

“W到美国后有信来么？”

“长远了，没有信。”

一个秋夜，我和P坐在他的小书房里，在晕黄的电灯光下，谈到W的小说。

“他还在河南吧？C大学那边很好吧？”我随便问着。

“不，他上美国去了。”

“美国？做什么去？”

“你觉得很奇怪吧？——波定谟约翰郝勃金医院打电报约他做助手去。”

“哦！就是他研究心理学的

地方！他在那边成绩总很好？——这回去他很愿意吧？”

“不见得愿意。他动身前到北京来过，我请他在启新吃饭；他很不高兴的样子。”

“这又为什么呢？”

“他觉得中国没有他做事的地方。”

“他回来才一年呢。C 大学那边没有钱吧？”

“不但没有钱，他们说他是疯子！”

“疯子！”

我们默然相对，暂时无话可说。

我想起第一回认识 W 的名字，是在《新生》杂志上。那时我在 P 大学读书，W 也在那里。我在《新生》上看见的是他的小说；但一个朋友告诉我，他心理学的书读得真多；P 大学图书馆里所有的，他都读了。文学书他也读得不少。他说他是无一刻不读书的。我第一次见他的面，是在 P 大学宿舍的走道上；他正和朋友走着。有人告诉我，这就是 W 了。微曲的背，小而黑的脸，长头发和近视眼，这就是 W 了。以后我常常看他的文字，记起他这样一个人。有一回我拿一篇心理学的译文，托一个朋友请他看看。他逐一给我改正了好几十条，不曾放松一个字。永远的惭愧和感谢留在我心里。

我又想到杭州那一晚上。他突然来看我了。他说和 P 游了三日，明早就要到上海去。他原是山东人；这回来上海，是要上美国去的。我问起哥伦比亚大学的《心理学，哲学，与科学方法》

杂志，我知道那是有名的杂志。但他说里面往往一年没有一篇好文章，没有什么意思。他说近来各心理学家在英国开了一个会，有几个人的话有味。他又用铅笔随便的在桌上一本簿子的后面，写了《哲学的科学》一个书名与其出版处，说是新书，可以看看。他说要走了。我送他到旅馆里。见他床上摊着一本《人生与地理》，随便拿过来翻着。他说这本小书很著名，很好的。我们在晕黄的电灯光下，默然相对了一会，又问答了几句简单的话；我就走了。直到现在，还不曾见过他。

他到美国去后，初时还写了些文字，后来就没有了。他的名字，在一般人心里，已如远处的云烟了。我倒还记着他。两三年以后，才又在《文学日报》上见到他一篇诗，是写一种清趣的。我只念过他这一篇诗。他的小说我却念过不少；最使我不能忘记的是那篇《雨夜》，是写北京人力车夫的生活的。W 是学科学的人，应该很冷静，但他的小说却又很热很热的。这就是 W 了。

P 也上美国去，但不久就回来了。他在波定谟住了些日子，W 是常常见着的。他回国后，有一个热天，和我在南京清凉山上谈起 W 的事。他说 W 在研究行为派的心理学。他几乎终日在实验室里；他解剖过许多老鼠，研究它们的行为。P 说自己本来也愿意学心理学的；但看了老鼠临终的颤动，他执刀的手便战战的放不下去了。因此只好改行。而 W 是“奏刀騞然”，“踌躇满志”，P 觉得那是不可及的。P 又说 W 研究动物行为既久，看明它们所有的生活，只是那几种生理的欲望，如食欲，性欲，所玩的把戏，毫无什么大道理存乎其间。因而推想人的生活，也未必别有何种高贵的动机；我们第一要承认我们是动物，这便是真人。W 的确是如此做人的。P 说他也相信 W 的话；真的，P 回国后的态度是大大的不同了。W 只管做他自己的人，却得着 P 这样一个信徒，他自己也未必料得着的。

P 又告诉我 W 恋爱的故事。是的，恋爱的故事！P 说这是一个日本人，和 W 一同研究的，但后来走了，这件事也就完了。P 说得如此冷淡，毫不像我们所想的恋爱的故事！P 又曾指出《来日》上 W 的一篇《月光》给我看。这是一篇小说，叙述一对男女趁着月光在河边一只空船里密谈。那女的是个有夫之妇。这时四无人迹，他俩谈得亲热极了。但 P 说 W 的胆子太小了，所以这一回密谈之后，便撒了手。这篇文字是 W 自己写的，虽没有如火如荼的热闹，但却别有一种意思。科学与文学，科学与恋爱，这就是 W 了。

"'疯子'！"我这时忽然似乎彻悟了说，"也许是的吧？我想。一个人冷而又热，是会变疯子的。"

"唔。"P 点头。

"他其实大可以不必管什么中国不中国了；偏偏又恋恋不舍的！"

"是啰。W 这回真不高兴。K 在美国借了他的钱。这回他到北京，特地老远的跑去和 K 要钱。K 没钱，他也知道；他也并不指望这笔钱用。只想借此去骂他一顿罢了，据说拍了桌子大骂呢！"

“这与他的写小说一样的道理呀！唉，这就是 W 了。”

P 无语，我却想起一件事：

“W 到美国后有信来么？”

“长远了，没有信。”

我们于是都又默然。

huái yuán mèng yì
槐园梦忆

dào niàn gù qī chéng jì shū nǚ shì
——悼念故妻程季淑女士

梁实秋

我不能不回想五十多年的往事，在回忆中好像我把如梦如幻的过去的生活又重新体验一次。

一

季淑于一九七四年四月三十日逝世，五月四日葬于美国西雅图之槐园（Acacia Memorial Park）。槐园在西雅图市的极北端，通往包泽尔（Bothell）的公路的旁边，行人老远的就可以看见那一块高地，芳草如茵，林木蓊郁，里面的面积很大，广袤约百数十亩。季淑的墓在园中之桦木区（Birch

Area)，地号是16-C-33，紧接着的第十五号是我自己的预留地。这个墓园本来是共济会所创建的，后来变为公开，非会员亦可使用。园里既没有槐，也没有桦。有的是高大的枞杉和山杜鹃之属的花木。此地墓而不坟，墓碑有标准的形式与尺寸，也是平铺在地面上，不是竖立的，为的是便利机车割草。墓地一片草皮，永远是绿茸茸，经常有人修剪浇水。墓旁有一小喷水池，虽只喷涌数尺之高，但汩汩之泉其声呜咽，逝者如斯，发人深省。往远处看，一层层的树，一层层的山，天高云谲，瞬息万变。俯视近处则公路蜿蜒，车如流水。季淑就是在这样的一个地方长眠千古。

“圣人忘情，最下不及情，情之所钟，正在我辈”，这是很平实的话。虽不必如荀粲之惑溺，或蒙庄之鼓歌，但夫妻一旦永诀，则不能不中心惨怛。“美国华盛顿大学心理治疗系教授霍姆斯设计一种计点法，把生活中影响我们的变异，不论好坏，依其点数列出一张表。”（见一九七四年五月份《读者文摘》中文版）在这张表上“丧偶”高列第一，一百点，依次是离婚七十三点，判服徒刑六十三点等等。丧偶之痛的深度是有科学统计的根据的。我们中国文学里悼亡之作亦屡屡见，晋潘安仁有悼亡诗三首：

荏苒冬春谢，寒暑忽流易。

之子归穷泉，重壤永幽隔！

私怀谁克从，淹留亦何益？

僶俛恭朝命，回心反初役，

望庐思其人，入室想所历。

帏屏无髣髴，翰墨有余迹。

流芳未及歇，遗挂犹在壁。

怅恍如或存，回惶忡惊惕。

如彼翰林鸟，双栖一朝只。

如彼游川鱼，比目中路析。

春风缘隙来，晨霤承檐滴。

寝兴何时忘，沉忧日盈积，

庶几有时衰，庄缶犹可击。

皎皎窗中月，照我室南端。

清商应秋至，溽暑随节阑。

凛凛凉风升，始觉夏衾单。

岂曰无垂纩，谁与同岁寒？

岁寒无与同，朗月何胧胧！

展转眄枕席，长簟竟床空！

床空委清尘，室虚来悲风，

独无李氏灵，髣髴睹尔容！

抚衿长叹息，不觉涕沾胸。

沾胸安能已，悲怀从中起。

寝兴目存形，遗音犹在耳。

上惭东门吴，下愧蒙庄子。

赋诗欲言志，零落难具纪。

命也可奈何，长戚自令鄙。

曜灵运天机，四节代迁逝。
凄凄朝露凝，烈烈夕风厉。
奈何悼淑俪，仪容永潜翳！
念此如昨日，谁知已卒岁！
改服从朝政，哀心寄私制。
茵帱张故房，朔望临尔祭。
尔祭讵几时，朔望忽复尽。
衾裳一毁撤，千载不复引。
亹亹朞月周，戚戚弥相愍。
悲怀感物来，泣涕应情陨。

驾言陟东阜，望坟思纡轸。
徘徊墟墓间，欲去复不忍。
徘徊不忍去，徙倚步踟蹰。
落叶委埏侧，枯荄带坟隅。
孤魂独茕茕，安知灵与无？
投心遵朝命，挥涕强就车。
谁谓帝宫远，路极悲有余！

这三首诗从前读过，印象不深，现在悼亡之痛轮到自己，环诵再三，从“重壤永幽隔”至“徘徊墟墓间”，好像潘安仁为天下丧偶者道出了心声。故录此诗于此，代摅我的哀思。不过古人为诗最重含蓄蕴藉，不能有太多的细腻的写实的描述。例如，我到季淑的墓上去，我的感受便不只是“徘徊不忍去”，亦不只是“孤魂独茕茕”，我要先把鲜花插好（插在一只半埋在土里的金属瓶里），然后灌满了清水，然后低声的呼唤她几声，我不敢高声喊叫，无此需要，并且也怕惊了她；然后我把一两个星期以来所发生的比较重大的事报告给她，我不能不让她知道她所关切的事；然后我默默的立在她的墓旁，我的心灵不受时空的限制，飞跃出去和她的心灵密切吻合在一起。如果可能，我愿每日在这墓园盘桓，回忆既往，没有一个地方比槐园更使我时时刻刻的怀念。

死是寻常事，我知道，堕地之时，死案已立，只是修短的缓刑期间人各不同而已。但逝者已矣，生者不能无悲，我的泪流了不少，我想大概可以装满罗马人用以殉葬的那种“泪壶”。有人告诉我，时间可以冲淡哀思。如今几个月已经过去，我不再泪天泪地的哭，但是哀思却更深了一层，因为我不能不回想五十多年的往事，在回忆中好像我把如梦如幻的过去的生活又重新体验一次，季淑没有死，她仍然活在我的心中。

二

季淑是安徽省徽州绩溪县人。徽州大部分是山地，地瘠民贫，很多人以种茶为业，但是皖南的文风很盛，人才辈出。许多人外出谋生，其艰苦卓绝的性格大概和那山川的形势有关。季淑的祖父程公讳鹿鸣，字苹卿，早岁随经商的二伯父到了京师，下帷苦读，场屋连捷，后实授直隶省大名府知府，勤政爱民，不义之财一芥不取，致仕时囊橐以去者仅万民伞十余具而已。其元配逝时留下四女七子，长子讳佩铭字兰生即季淑之父，后再续娶又生二子，故程府人丁兴旺，为旅食京门一大家族。季淑之母吴氏，讳浣身，安徽歙县人，累世业茶，寄籍京师。季淑之父在京经营笔墨店程五峰斋，全家食指浩繁，生活所需皆取给于是，身为长子者为家庭生计而牺牲其读书仕进。季淑之母位居长嫂，俗云"长嫂比母"，于是操持家事艰苦备尝，而周旋于小姑小叔之间其含辛茹苦更不待言。科举废除之后，笔墨店之生意一落千丈，程五峰斋终于倒闭。季淑父只身走关外，不久殁于客中，时季淑尚在髫龄，年方九岁，幼年失怙打击终身。季淑同胞五人，大姐孟淑长季淑十一岁，适丁氏，抗战期间在川尚曾晤及，二姐仲淑兄道立弟道宽则均于青春有为之年死于肺痨。与母氏始终相依为命者，唯季淑一人。

季淑的祖父，六十岁患瘫痪，半身不遂。而豪气未减，每天看报，看到贪污枉法之事，就拍桌大骂声震屋瓦。雅好美食，深信"七十非肉不饱"之义，但每逢朔望则又必定茹素为全家祈福，茹素则哽咽不能下咽，于是非嫌油少，即怪盐多。有一位叔父乘机进言，"曷不请大嫂代表茹素，双方兼顾？"一方是"心到神知"之神，一方是非肉不饱的老者。从此我的岳母朔望代表茹素，直到祖父八十寿终而后已。叔父们常常宴客，宴客则请大嫂下厨，家里虽有厨师，佳肴仍需亲自料理，灶前伫立过久，足底生茧，以至老年不良于行。平素家里用餐，长幼有别，男女有别，媳妇孙女常常只能享受一些残羹剩炙。有一回一位叔父扫除房间，命季淑抱一石屏风至户外拂拭，那时她只有十岁光景，出门而踣，石屏风破碎，叔父大怒，虽未施夏楚，但呵责之余复命长跪。

季淑从小学而中学而国立北京女高师之师范本科，几乎在饔飧不继的情形之下靠她自己努力奋斗而不辍学，终于一九二一年六月毕业。从此她离开了那个大家庭，开始她的独立的生活。

三

季淑于女高师的师范本科毕业之后，立刻就得到一份职业。由于她的女红特佳，长于刺绣，她的一位同学欧淑贞女士任女子职业学校校长，约她去担任教师。我就是在这个时候认识她的。

我们认识的经过是由于她的同学好友黄淑贞（湘翘）女士的介绍，“取妻如何，匪媒不得。”淑贞的父亲黄运兴先生和我父亲是金兰之交，他是湖南沅陵人，同在京师警察厅服务，为人公正率直而有见识，我父亲最敬重他。我当初之投考清华学校也是由于这位父执之极力怂恿。其夫人亦是健者，勤俭耐劳，迥异庸流。淑贞在女高师体育系，和季淑交称莫逆，我不知道她怎么想起把她的好友介绍给我。她没有直接把季淑介绍给我。她是浼她母亲（父已去世）到我家正式提亲作媒的。我在周末回家时在父亲书房桌上信斗里发现一张红纸条。上面恭楷写着“程季淑，安徽绩溪人，年二十岁，一九零一年二月十七日寅时生”。我的心一动。过些日我去问我大姐，她告诉我是有这么一回事，并且她说已陪母亲到过黄家去相亲，看见了程小姐。大姐很亲切的告诉我说："我看她人挺好，满斯文的，双眼皮大眼睛，身材不高，腰身很细，好一头乌发，挽成一个髻堆在脑后，一个大篷覆着前额，我怕那篷下面遮掩着疤痕什么的，特地搭讪着走过去，一面说着'你的头发梳得真好'，一面掀起那发篷看看。"我赶快问，"有什么没有？"她说，"什么也没有。"我们哈哈大笑。

事后想想，这事不对，终身大事须要自作主张。我的两个姐姐和大哥都是凭了媒妁之言和家长的决定而结婚的。这时候是五四运动后四年，新的思想打动了所有的青年，我想了又想，决定自己直接写信给程小姐问她愿否和我做个朋友。信由专差送到女高师，没有回音，我也就断了这个念头。过了很久，时届冬季，我忽然接到一封匿名的英文信，告诉我"不要灰心，程小姐现在女子职业学校教书，可以打电话去直接联络……"等语。朋友的好意真是可感。我遵照指示大胆的拨了一个电话给一位素未谋面的小姐。

季淑接了电话，我报了姓名之后，她一惊，半晌没说出话来，我直截了当的要求去见面一谈，她支支吾吾的总算是答应我了。她生长在北京，当然说的是道地的北京话，但是她说话的声音之柔和清脆是我所从未听到过的。形容歌声之美往往用"珠圆玉润"四字，实在是非常恰当。我受了刺激，受了震惊，我在未见季淑之前先已得到无比的喜悦。莎士比亚在《李尔王》五幕三景有一句话：

Her voice was ever soft,

Gentle and low,an excellent thing in woman.

她的言语是温和的，

轻柔而低缓，是女人最好的优点。

好不容易等到会见的那一天！那是一个星期六午后，我只有在周末才能进城。在清华园坐人力车到西直门，约一小时，我特别感觉到那是漫漫的长途。到西直门换车进城。女子职业学校在宣武门外珠巢街，好荒凉而深长的一条巷子，好像是从北口可以望到南城根。由西直门走了半个多小时，终于找到了这条街上的学校。看门的一个老头儿引我进入一间小小的会客室。等了相当长久的时间，一阵唧唧哝哝的笑语声中，两位小姐推门而入。这两位我都是初次见面，黄小姐的父亲我是见过多次的，她的相貌很像她的父亲，所以我立刻就知道另一位就是程小姐。但是黄小姐还是礼貌的给我们介绍了。不大的工夫，黄小姐托故离去，季淑急得直叫“你不要走，你不要走！”我们两个互相打量了一下，随便扯了几句淡话，季淑确是有一头乌发，如我大姐所说，发髻贴在脑后，又圆又凸，而又亮晶晶的，一个松松泡泡的发篷覆在额前。我大姐不轻许人，她认为她的头发确实处理得好。她的脸上没有一点脂粉，完全本来面目，她若和一些浓妆艳抹的人出现在一起会令人有异样的感觉。我最不喜欢上帝给你一张脸而你自己另造一张。季淑穿的是一件灰蓝色的棉袄，一条黑裙子，长抵膝头。我偷眼往桌下一看，发现她穿着一双黑绒面的棉毛窝，上面凿了许多孔，系着黑带子，又暖和又舒服的样子。衣服、裙子、毛窝，显然全是自己缝制的。她是百分之百的一个朴素的女学生。我那一天穿的是一件蓝呢长袍，挽着袖口，胸前挂着清华的校徽，穿着一双棕色皮鞋。好多年后季淑对我说，她喜欢我那一天的装束，也因为那是普遍的学生样子。那时候我照过一张全身立像，我举以相赠，季淑一直偏爱这张照片，后来到了台湾她还特为放大，悬在寝室，我在她入殓的时候把这张照片放进棺内，我对她的尸体告别说："季淑，我没有别的东西送给你，你把你所最喜爱的照片拿去吧！它代表我。"短暂的初次会晤大约有半小时。屋里有一个小火炉，阳光照在窗户纸上，使小屋和暖如春。这是北方旧式房屋冬天里所特有的一种气氛。季淑不是健谈的人，她有几分矜持，但是她并不羞涩。我起立告辞，我没有忘记在分手之前先约好下次会面的时间与地点。

下次会面是在一个星期后，地点是中央公园。人类的历史就是由一个男人一个女人在一个花园里开始的。中央公园地点适中，而且有许多地方可以坐下来休息。惟一讨厌的是游人太多，像来今雨轩、春明馆、水榭，都是人挤人、人看人的地方，为我们所不取。我们愿意找一个僻静的亭子、池边的木椅，或石头的台阶。这种地方又往往为别人捷足先登或盘据取闹。我照例是在约定的时间前十五分钟到达指定的地点。和任何人要约，我也不愿迟到。我通常是在水榭的旁边守候，因为从那里可以望到公园的门口。等人是最令人心焦的事，一分一秒的耗着，不知看多少次手表，可是等到你所期待的人远远的姗姗而来，你有多少烦闷也丢到九霄云外去了。季淑不愿先我而至，因为在那个时代一个年轻女子只身在公园里踱着是会引起麻烦来的。就是我们两个并肩在路上行走，也常有些不三不四的人在吹口哨。

有时候我们也到太庙去相会，那地方比较清静，最可喜的是进门右手一大片柏树林，在春暖以后有无数的灰鹤停驻在树巅，嘹唳的声音此起彼落，有时候轰然振羽破空而去。在不远处设有茶座，季淑最喜欢鸟，我们常常坐在那里对着灰鹤出神。可是季节一过，灰鹤南翔，这地方就萧瑟不堪，连坐的地方也没有了。北海当然是好去处，金鳌玉蝀的桥我们不知走过多少次数。漪澜堂是来往孔道，人太杂沓，五龙亭最为幽雅。大家挤着攀登的小白塔，我们就不屑一顾了。电影偶然也看，在真光看的飞来伯主演的《三剑客》、丽琳吉施主演的《赖婚》至今印象犹新，其余的一般影片则我们根本看不进去。

清华一位同学戏分我们一班同学为九个派别，其一曰“主日派”指每逢星期日则精神抖擞整其衣冠进城去做礼拜，风雨无阻，乐此不倦，当然各有各的崇拜偶像，而有衷心向往虔心归主之意则一。其言虽谑，确是实情。这一派的人数不多，因为清华园是纯粹男性社会，除了几个洋婆子教师和若干教师眷属之外看不到一个女性。若有人能有机缘进城会晤女友，当然要成为令人羡慕的一派。我自度应属于此派。可怜现在事隔五十余年，我每逢周末又复怀着朝圣的心情去到槐园墓地捧着一束鲜花去做礼拜！

不要以为季淑和我每周小聚是完全无拘无束的享受。在我们身后吹口哨的固不乏人，不吹口哨的人也大都对我们投以惊异的眼光。这年轻轻的一男一女，在公园里彳亍而行，喁喁而语，是做什么的呢？我们格于形势，只能在这些公开场所谋片刻的欢晤。季淑的家是一个典型的大家庭，人多口杂。按照旧的风俗，一个二十岁的大姑娘和一个青年男子每周约会在公共场所出现，是骇人听闻的事，罪当活埋！冒着活埋的危险在公园里游憩啜茗，不能说是无拘无束。什么事季淑都没瞒着她的母亲，母亲爱女心切，没有责怪她，反而殷殷垂询，鼓励她，同时也警戒她要一切慎重，无论如何不能让叔父们知道。所以季淑绝对不许我到她家访问，也不许寄信到她家里。我的家简单一些，也没有那么旧，但是也没有达到可以公开容忍我们的行为的地步。只有我的三妹绣玉（后改亚紫）知道我们的事，并且同情我们，帮助我们。她们很快的成为好友，两个人合照过一张像，我保存至今。三妹淘气，有一次当众戏呼季淑为二嫂，后来季淑告诉我，当时好窘，但是心里也有一丝高兴。

事有凑巧，有一天我们在公园里的四宜轩品茗。说起四宜轩，这是我们毕生不能忘的地方。名为四宜，大概是指四季皆宜，“春有百花秋有月，夏有凉风冬有雪”。四宜轩在水榭对面，从水榭旁边的土山爬上去，下来再钻进一个乱石堆成的又湿又暗的山洞，跨过一个小桥，便是。轩有三楹，四面是玻璃窗。轩前是一块平地，三面临水，水里是鸭。有一回冬天大风雪，我们躲在四宜轩里，另外没有一个客人，只有茶房偶然提着开水壶过来，在这里我们初次坦示了彼此的爱。现在我说事有凑巧的一天是在夏季，那一天我们在轩前平地的茶座休息，在座的有黄淑贞，我突然发现不远一个茶桌坐着我的父亲和他的几位朋友。父亲也看见了我，他走过来招呼，我只好把两位小姐介绍给他。季淑一点也没有忸怩不安，倒是我觉得有些局促。我父亲代我付了茶资随后就离去了。回到家里，父亲问我：“你们是不是三个人常在一起玩？”我说：“不，黄淑贞是偶然遇到邀了去的。”父亲说：“我看程小姐很秀气，风度也好。”从此父亲不时的给我钱，我推辞不要，他说：“拿去吧，你现在需要钱用。”父亲为儿子着想是无微不至的。从此父亲也常常给我劝告，为我出主意，我们后来婚姻成功多亏父亲的帮助。

一九二二年夏，季淑辞去女职的事，改任石驸马大街女高师附属小学的教师。附小是季淑的母校，校长孙世庆原是她的老师，孙校长特别赏识她，说她稳重，所以聘她返校任职。季淑果不负他的期望，在校成为最肯负责的教师之一，屡次得到公开的褒扬。我常到附小去晤见季淑，然后一同出游。我去过几次之后，学校的传达室的工友渐感不耐，我赶快在节关前后奉上银饼一枚，我立刻看到了一张笑逐颜开的脸，以后见了我，不等我开口就说：“梁先生您来啦，请会客室坐，我就去请程先生出来。”会客室里有一张鸳鸯椅，正好容两个人并坐，我要坐候很久，季淑才出来，因为从这时候起她开始知道修饰，每和我相见必定盛装。王右家是她这时候班上的学生之一。抗战爆发后我在天津罗努生王右家的寓中下榻旬余日，有一天右家和我闲聊，她说：

“实秋你知道么，你的太太从前是我的老师？”

“我听内人说起过，你那时是最聪明美丽的一个学生。”

“哼，程老师是我们全校三十几位老师中之最漂亮的一个。每逢周末她必定盛装起来，在会客室晤见一位男友，然后一同出去。我们几个学生就好奇的麇集在会客室的窗外往里窥视。”

我告诉右家，那男友即是我。右家很吃一惊。我回想起，那时是有一批淘气的女孩子在窗外唧唧嘎嘎。我们走出来时，也常有蹦蹦跳跳的孩子们追着喊“程老师，程老师！”季淑就拍着她们的脑袋说：“快回去，快回去！”

“你还记得程老师是怎样的打扮么？”我问右家。

右家的记忆力真是惊人。她说：“当然。她喜欢穿的是上衣之外加一件紧身的黑缎背心，对不对？还有藏青色的百褶裙。薄薄的丝袜子，尖尖的高跟鞋。那高跟足有三寸半，后跟中细如蜂腰，黑绒鞋面，鞋口还锁着一圈绿丝线……”

我打断了她的话：“别说了，别说了，你形容得太仔细了。”于是我们就泛论起女人的服装。右家说：“一个女人最要紧的是她的两只脚。你没注意么，某某女士，好好的一个人，她的袜子好像是太松，永远是皱褶，鞋子上也有一层灰尘，令人看了不快。”我同意她的见解，我最后告诉她莎士比亚的一句名言：“她的脚都会说话”，见《脱爱勒斯与克莱西达》第四幕第五景。右家提起季淑的那双高跟鞋，使我忆起两件事。有一次我们在公园里散步，后面有几个恶少紧随不舍，其中有一个人说：“嘿，你瞧，有如风摆荷叶！”虽然可恶，我却觉得他善于取譬。后来我填了一首《卜算子》，中有一句“荷叶迎风舞”，即指此事。又有一次，在来今雨轩后面有一个亭子，通往亭子的小径都铺满了鹅卵石，季淑的鞋跟陷在石缝中间，扭伤了踝筋，透过丝袜可以看见一块红肿，在亭子里休息很久我才搀扶着她回去。

五四以后，写白话诗的风气颇盛。我曾说过，一个青年，到了“怨黄莺儿作对，怪粉蝶儿成双”的时候，只要会说白话，好像就可以写白话诗。我的第一首情诗，题为《荷花池畔》，发表在《创造》季刊，记得是第四期，成仿吾还不客气的改了几个字。诗没有什么内容，只是一团浪漫的忧郁。荷花池是清华园里惟一的风景区，有池有山有树有石栏，我在课余最喜欢独自一个在这里徘徊。诗共八节，节四行，居然还凑上了自以为是的韵。我把诗送给父亲看，他笑笑避免批评，但是他建议印制自己专用的诗笺，他负责为我置办，图案由我负责。这是对我的一大鼓励。我当即参考图籍，用双钩饕餮纹加上一些螭虎，画成一个横方的宽宽的大框，框内空处写诗。由荣宝斋精印，图案刷浅绿色。朋友们写诗的人很多，谁也没见过这样豪华的壮举。诗，陆续作了几十首，我给我的朋友闻一多看，他大喜若狂，认为得到了一个同道的知己。我的诗稿现已不存，只是一多所做《冬夜评论》一文里引录了我的一首《梦后》，诗很幼稚，但是情感是真的。

吾爱啊！

你怎又推荐那孤单的枕儿，

伴着我眠，偎着我的脸？

醒后的悲哀啊！

梦里的甜蜜啊！

我怨雀儿，

雀儿还在檐下蜷伏着呢！

他不能唤我醒——

他怎肯抛了他的甜梦呢？

吾爱啊，

对这得而复失馈礼，

我将怎样的怨艾呢？

对这缥缈浓甜的记忆，

我将怎样的咀嚼哟！

孤零零的枕儿啊！

想着梦里的她，

她的脸儿是我的花，

我把泪来浇你！

不但是白话，而且是白描。这首诗的故实是起于季淑赠我一个枕套，是她亲手缝制的，在雪白的绸子上她用抽丝的方法在一边挖了一朵一朵的小花，然后挖出一串小孔穿进一根绿缎带，缎带再打出一个同心结。我如获至宝，套在我的枕头上，不大不小正合适。伏枕一梦香甜，矍然惊觉，感而有作，其实这也不过是《诗经》所谓“寤寐无为，辗转伏枕”的意思。另外还有一首咏丝帕，内容还记得，字句记不得了。我与季淑约会，她从来不曾爽约，只有一次我候了一小时不见她到来。我只好懊丧地回去。事后知道是意外发生的事端使她迟到，她也是怏怏而返。我把此事告诉一多，他责备我未曾久候，他说："你不知道尾生的故事么？'《汉书·东方朔传》注：尾生，古之信士，与女子期于桥下，待之不至，遇水而死。'"这几句话给了我一个启示，我写一首长诗《尾生之死》，惜未完成，仅得片断。

四

两年多的时间过得好快，一九二三年六月我在清华行毕业礼，八月里就要放洋，这在我是一件很忧伤的事。我无意到美国去，我当时觉得要学文学应该留在中国，中国的文学之丰富不在任何国家之下，何必去父母之邦？但是季淑见事比我清楚，她要我打消这个想法，毅然准备出国。

行毕业礼的前些天，在清华礼堂晚上演了一出新戏《张约翰》，是顾一樵临时赶编的。戏里面的人物有两个是女的，此事大费踌躇，谁也不肯扮演女性。最后由吴文藻和我自告奋勇才告解决。我把这事告诉季淑，她很高兴。在服装方面向她请教，她答应全力帮助，她亲手为我缝制，只有鞋子无法解决，季淑的脚比我小得太多。后来借到我的图画教师美籍黎盖特小姐的一双白色高跟鞋，在鞋尖处塞了好大一块棉花才能走路。我邀请季淑前去观剧，当晚即下榻清华，由我为她预备一间单独的寝室。她从来没到过清华，现在也该去参观一次。想不到她拒绝了。我坚请，她坚拒。最后她说：“你若是请黄淑贞一道去，我就去。”我才知道她需要一个伴护。那一天，季淑偕淑贞翩然而至，我先领她们绕校一周，在荷花池畔徘徊很久，在亭子里休息，然后送她们到高等科大楼的楼上我所特别布置的一间房屋，那原是学生会的会所，临时送进两张钢丝床。工友送茶水，厨房送菜饭，这是一个学生所能做到的最盛大的招待。在礼堂里，我保留了两席最优的座位。戏罢，我问季淑有何感受，她说“我不敢仰视。”我问何故，她笑而不答。我猜想，是不是因为“良人者所仰望而终身也，今若是！”好久以后问她，她说不是，“我看你台上演戏，我心里喜欢，但是我不知为什么就低下了头，我怕别人看我！”

清华的留学官费是五年，三年期满可以回国就业实习，余下两年官费可以保留，但实习不得超过一年。我和季淑约定，三年归来结婚。所以我的父母和我谈起我的婚事，我便把我和季淑的成约禀告。我的父母问我要不要在出国之前先行订婚，我说不必，口头的约定有充足的效力。也许我错误了。也许先有订婚手续是有益的，可以使我安心在外读书。

季淑的弟弟道宽在师大附中毕业之后，叔父们就忙着为他觅求职业，正值邮局招考服务人员，命他前去投考，结果考取了。季淑不以为然，要他继续升学。叔父们表示无力供给，季淑就说她可以担负读书费用。事实上季淑在女师附小任教的课余时间尚兼两个家馆，在董康先生、钟炳芬先生家里都担任过西席，宾主相得，待遇优厚，所以她有余力一面侍奉老母一面供给弟弟。虽然工作劳累，但她情愿独力担起弟弟就学的负担。但是叔父们不赞成，明言要早日就业，分摊家用。他本人也不愿累及胞姐，乃决定就业。那份工作很重，后来感染结核之后力疾上班，终于不起。道宽就业不久，更严重的问题逼人而来。叔父们要他结婚，季淑乃挺身抗议，以为他的年纪尚小，健康不佳，应稍从缓。叔父们的意见以为授室之后才算是尽了提携侄辈的天职，于心方安。同时冷言讥诮："是不是你自己想在你弟弟之先结婚？"道宽怯懦，禁不起大家庭的压迫，遂遵命结婚。妻李氏，人很贤淑，不幸不久亦感染结核症相继而逝。

也许是一年多来我到石附马大街去的回数太多了一点，大约五六十次总是有的。学生如王右家只注意到了程老师的漂亮，同事当中有几位有身世之感的人可就觉得看不顺眼。渐渐有人把话吹到校长孙世庆的耳里，孙先生头脑旧一些，以为青年男女胆敢公然缔交出入黉舍，纵然不算是大逆不道，至少是有失师道尊严，所以这一年夏天季淑就没有收到续聘书。没得话说，卷铺盖。不同时代的人，观念上有差别，未可厚非。季淑也自承疏忽，不该贪恋那张鸳鸯椅，我们应该无间寒暑的到水榭旁边去见面。所以我们对于孙世庆没有怨言，倒是他后来在敌伪时期做了教育局长晚节不终，以至于明正典刑，我们为他惋惜。季淑决定乘我出国期间继续求学，于是投考国立美术专科学校，专习国画，晚间两个家馆的收入足可维持生活。榜发获捷，我们都很欢喜。

除了一盒精致的信笺信封以外，我从来没送过她任何东西，我深知她的性格，送去也会被拒。那一盒文具，也是在几乎不愉快的情形之下才被收纳的。可是在长期离别之前不能不有馈赠，我在廊房头条太平洋钟表店买了一只手表，在我们离别之前，最后一次会晤时送给了她。我解下她的旧的，给她戴上新的，我说："你的手腕好细！"真的，不盈一握。

季淑送我一幅她亲自绣的"平湖秋月图"。是用乱针方法绣成的，小小的一幅，不过7寸 ×10.2寸，有亭有水有船有树，是很好的一幅图画，配色尤为精绝。在她毕业于女高师的那一年夏天，她们毕业班曾集体作江南旅行，由南京、镇江、苏州、无锡、上海，以至杭州，所有的著名风景区都游览殆遍。我们常以彼此游踪所至作为我们谈话的资料。我们都爱西湖，她曾问我西湖八景之中有何偏爱，我说我最喜"平湖秋月"，她也正有同感。所以她就根据一张照片绣成一幅图画给我。那大片的水，大片的天，水草树木，都很不容易处理。我把这幅绣画带到美国，被一多看到，大为击赏，他引我到一家配框店选择了一个最精美而又色彩最调和的框子，悬在我的室中，外国人看了认为是不可想象的艺术作品。可惜半个世纪过后，有些丝线脱跳，色彩褪了不少，大致还是完好的。

我在八月初离开北京。临行前一星期我请季淑午餐，地点是劝业场三楼玉楼春。我点了两个菜之后要季淑点，她是从来不点菜的，经我逼迫，她点了"两做鱼"，因为她偶然听人说起广和居的两做鱼非常可口，殊不知是一鱼两做。饭馆也恶作剧竟选了一条一尺半长的活鱼，半烧半炸，两大盘子摆在桌上，我们两个面面相觑，无法消受。这件事我们后来说给我们的孩子听，都不禁呵呵大笑。文蔷最近在饭馆里还打趣的说："妈，你要不要吃两做鱼？”这是我们年轻时候的韵事之一。事实上她是最喜吃鱼，如果有干烧鲫鱼佐餐，什么别的都不想要了。在我临行的前一天，她在来今雨轩为我饯行，那一天又是风又是雨。我到了上海之后，住在旅馆里，创造社的几位朋友天天来访，逼我给《创造周报》写点东西，辞不获已，写了一篇《凄风苦雨》，完全是季淑为我饯行时的忠实纪录，文中的陈淑即是程季淑（全文附载《秋室杂忆》），其中有这样的一段：

雨住了。园里的景象异常清新，玳瑁的树枝缀着翡翠的树叶，荷池的水像油似的静止，雪氅黄喙的鸭子成群的叫。我们缓步走出水榭，一阵土湿的香气扑鼻，沿着池边小径走上两旁的甬道。园里还是冷清清的，天上的乌云还在互相追逐着。

“我们到影戏院去吧，天雨人稀，必定还有趣……”她这样的提议。我们便走进影戏院。里面观众果似晨星般稀少，我们便在僻处紧靠着坐下。铃声一响，屋里昏黑起来，影片像逸马一般在我眼前飞游过去，我的情思也跟着像机轮旋转起来。我们紧紧的握着手，没有一句话说。影片忽的一卷演讫，屋里光线放亮了一些，我看见她的乌黑眼珠正在不瞬的注视着我。

“你看影戏了没有？”

她摇摇头说：“我一点也没有看进去，不知是些什么东西在我眼前飞过……你呢？”

我笑着说：“和你一样。”

我们便这样的在黑暗的影戏院里度过两个小时。

我们从影戏院出来的时候，蒙蒙细雨又在落着，园里的电灯全亮起来了，照得雨湿的地上闪闪发光。远远的听到钟楼的当当的声音，似断似续的波送过来，只觉得凄凉黯淡……。我扶着她缓缓的步入餐馆。疏细的雨点——是天公的泪滴，洒在我们身上。

她平时是不饮酒的，这天晚上却斟满一盏红葡萄酒，举起杯来低声的说：

"祝你一帆风顺，请尽这一杯！"

我已经泪珠盈睫了，无言的举起我的一杯，相对一饮而尽。餐馆的侍者捧着盘子在旁边诧异的望着我们。

我们就是这样的开始了我们的三年别离。

五

一九二三年九月一日我到达美国，随即前往科罗拉多泉去上学。那是一个山明水秀的风景地，也有的是疃兮燎兮的人物，但是我心里想的是——

> 出其东门，有女如云。虽则如云，匪我思存。缟衣綦巾，聊乐我员。
>
> 出其闉闍，有女如荼。虽则如荼，匪我思且。缟衣茹藘，聊可与娱。

人心里的空间是有限的，一经塞满便再也不能填进别的东西。我不但游乐无心，读书也很勉强。

季淑来信报告我她顺利入学的情形，选的是西洋画系，很久时间都是花在素描上面。天天面对着石膏像，左一张右一张的炭画。后来她积了一大卷给我看，我觉得她画得相当好。她的线条相当有力，不像一般女子的纤弱。一多告诉我，素描是绘画的基本功夫，他在芝加哥一年也完全是炭画素描。季淑下半年来信，她们已经开始画裸体的模特儿了，男女老少的模特儿都有，比石膏像有趣得多。我买了一批绘画用具寄给她。包括木炭、橡皮、水彩、油料等等。这木炭和橡皮比国内的产品好，尤其是那海绵似的方块橡皮松软合用。国内学生用面包代替橡皮，效果当然不好。季淑用我寄去的木炭和橡皮，画得格外起劲，同学们艳羡不置，季淑便以多余的分赠给她的好友们。油画，教师们不准她们尝试，水彩还可以勉强一试。季淑有了工具，如何能不使用？偕了同学外出写生，大家用水彩，只有她有油料可用。她每次画一张画，都写信详告，我每次接到信，都仔细看好几遍。我写信给她，寄到美专，她特别关照过学校的号房工友，有信就存在那里，由她自己去取。有一次工友特别热心，把我的信转寄到她家里去。信放在窗台上，幸而没有被叔父们撞见，否则拆开一看必定天翻地覆。

天翻地覆的事毕竟几乎发生。大约我出国两个月后，季淑来信，她的叔父们对她母亲说："大嫂，三姑娘也这么大了，老在外面东跑西跑也不像一回事，我们打算早一点给她完婚。××

部里有一位科员，人很不错，年龄么……男人大个十岁八岁也没有关系。”这是通知的性质，不是商酌，更不是征求同意。这种情况早在我们料想之中，所以季淑按照我们预定的计划应付，第一步是把情况告知黄淑贞，第二步是请黄家出面通知我的父母，由我父母央人出面正式作媒，同时由我作书禀告父母请求作主，第三步是由季淑自己出面去恳求比较温和开通的八叔（缵丞先生）惠予谅解。关键在第三步。她不能透露我们已有三年的交往，更不能说已有成言，只能扯谎，说只和我见过一面，但已心许。八叔听了觉得好生奇怪，此人既已去美，三年后才能回来，现在订婚何为？假使三年之后有变化呢？最后他明白了，他说，“你既已心许，我们也不为难你，现在一切作为罢论，三年以后再说。”这是最理想的结果，由于季淑的善于言辞，我们原来还准备了第四步，但是不需要了。可是此一波折，使我心情久久不能平复。

北京国立八校的教职员因政府欠薪而闹风潮，美专奉令停办。季淑才学了一年素描即告失学。一九二四年夏，我告别了风景优美的科罗拉多泉而进入哈佛研究院，季淑离开了北京而就职于香山慈幼院。一九一七年熊希龄凭其政治地位领有香山全境，以风景最佳之“双清”为其别墅，以放领土地之收入举办慈幼院，由其夫人主持之。因经费宽裕校址优美，慈幼院在北京颇有小名。季淑受聘是因为她爱那个地方。凡是名山胜水，她无不喜爱，这是她毕生的嗜好。在香山两年她享尽了清福，虽然那里的人事复杂，一群蝇营狗苟的势利之辈环拱着炙手可热的权贵人家。季淑除了教书之外一切不闻不问，她的宿舍离教室很远，要爬山坡，并且有数百级石阶，上下午各走一趟，但不以为苦。周末常约好友骑驴，游踪遍及八大处。西山一带的风景，她比我熟，因为她在香山有两年的勾留。

季淑的宿舍在山坡下，她的一间是在一排平房的中间，好像是第三个门。门前有一条廊檐。有一天阴霾四合，山雨欲来，一霎间乌云下坠，雨骤风狂。在山地旷野看雨，是有趣的事。季淑独在檐下站着，默默的出神，突然一声霹雳，一震之威几乎使她仆地，只见熊熊一团巨火打在离她身边不及十余尺的石桌石凳之上，白石尽变成黑色，硫磺的臭味历久不散。她说给我听，犹有余悸。

我们通信全靠船运，需二十余日方能到达，但不必嫌慢，因为如果每天写信隔数日付邮，差不多每隔三两天都可以收到信。我们是每天写一点，积一星期可得三数页，一张信笺两面写，用蝇头细楷写，这样的信收到一封可以看老大半天。三年来我们各积得一大包。信的内容有记事，有抒情，有议论，无体不备。季淑把我的信收藏在一个黑漆的首饰匣里，有一天忘了锁，钥匙留插在锁孔里，大家唤做小方的一位同事大概平素早就留心，难逢的机会焉肯放过，打开匣子开始阅览起来，临走还带了几封去。小方笑呵呵的把信里的内容背诵几段，季淑才发现失窃。在几经勒索要挟之下才把失物赎回。我曾选读“伯朗宁与丁尼生”一门功课，对伯朗宁的一首诗 *One Word More* 颇为欣赏，我便摘了下列三行诗给季淑看：

God be thanked,the meanest of his creatures
Boasts two soul–sides, one to face the world with,
One to show a woman when he loves her.
感谢上帝，他的最卑微的生人
也有两面的灵魂，一面对着世人，
一面给他所爱的女人看。

不过伯朗宁还是把他的情诗公之于世了。我的书信不是预备公开的，于一九四八年冬离家时付之一炬。小方看过其中的几封信，不知道她看的时候心中有何感受。

六

三年的工夫过去了。一九二六年七月间麦金莱总统号在黎明时抵达吴淞口外抛锚候潮，我听到青蛙鼓噪，我看到滚滚浊流，我回到了故国。我拿着梅光迪先生的介绍信到南京去见胡先啸先生，取得国立东南大学的聘书，就立刻北上天津。我从上海致快函给季淑，约她在天津会晤，盘桓数日，然后一同返京，她不果来，事后她向我解释，“名分未定，行为不可不检”，我觉得她的想法对，不能不肃然起敬。邓约翰（John Donne）有一首诗《出神》（*The Extasie*），其中有两节描写一对情侣的关系真是恰如分际：

Our hands were firmly cemented
By a fast balm, which thence did spring,
Our eye-beams twisted, and did thread
Our eyes, upon one double string;

So to engraft our hands, as yet
Was all the means to make us one,
And pictures in our eyes to get
Was all our propagation.

我们的手牢牢的握着，
手心里冒出黏黏的汗，
我们的视线交缠，
拧成双股线穿入我们的眼；

两手交接是我们当时
惟一途径使我们融为一体，
眼中倩影是我们
所有的产生出来的成绩。

久别重逢，相见转觉不能交一语。季淑说："华，你好像瘦了一些。"当然，怎能不瘦？她也显得憔悴。我们所谈的第一桩事是商定婚期，暑假内是不可能，因为在八月底我要回到南京去授课，遂决定在寒假里结婚。这时候有人向香山慈幼院的院长打小报告：“程季淑不久要结婚了，下半年的聘书最好不要发给她。”季淑不欲在家里等候半年，她需要一个落脚处。她的一位朋友孙亦云女士任公立第三十六小学校长，学校在北新桥附近府学胡同，承她同情，约请季淑去做半年的教师。

我到香山去接季淑搬运行李进城是一件难忘的事。一清早我雇了一辆汽车，车身高高的，用曲铁棍摇半天才能发动引擎的那样的汽车，出城直奔西山，一路上汽车喇叭呜呜叫，到达之后她的行李早已预备好，一只箱子放进车内，一个相当庞大的铺盖卷只好用绳子系在车后。我们要利用这机会游览香山。季淑引路，她非常矫健，身轻似燕，我跟在后面十分吃力，过了双清别墅已经气喘如牛，到了半山亭便汗流浃背了。季淑把她撑着的一把玫瑰紫色的洋伞让给我，也无济于事。后来找到一处阴凉的石头，我们坐了下来。正喘息间，一个卖烂酸梨的乡下人担着挑子走了过来，里面还剩有七八只梨，我们便买了来吃。在口燥舌干的时候，烂酸梨有如甘露。抬头看，有小径盘旋通往山巅，据说有十八盘，山巅传说是清高宗重阳登高的所在，旧名为重阳亭，实际上并没有亭子。如今俗名为“鬼见愁”。季淑问我有无兴趣登高一望，我说鬼见犹愁，我们不去也罢。她是去过很多次的。

我在西山饭店用膳之后，时间还多，索性尽一日之欢，顺道前往玉泉山。玉泉山是金、元、明、清历代帝王的行宫御苑，乾隆写过一篇《玉泉山记》，据说这里的水质优美饮之可以长寿，赐名为“天下第一泉”。如今宫殿多已倾圮，沦为废墟，惟因其已荒废，掩去了它的富丽堂皇的俗气，较颐和园要高雅得多。我们一进园门就被一群穷孩子包围，争着要做向导，其实我们不需向导，但是孩子们嚷嚷着说，“你们要喝泉水，我有干净杯子；你们要登玉峰塔，我给你们领取钥匙……”无可奈何，拣了一个老实相的小孩子。他真亮出一只杯子，在那细石流沙绿藻紫荇历历可数的湖边喷泉处舀了一杯泉水，我们共饮一杯，十分清冽。随后我们就去登玉峰塔，塔在山顶，七层九丈九尺，盘旋拾级而上，嘱咐小孩在下面静候。我们到达顶层，就拂拂阶上的尘土，坐下乘凉，真是一个好去处。好像不大的工夫，那孩子通通通的蹿上来了，我问他为什么要上来，他说他等了好久好久不见人下来，所以上来看看。于是我们就拾级而下，我对季淑说：“你不记得我们描过的红模子么？‘王子去求仙，丹成上九天，洞中方七日，人世几千年。’塔上面和塔下面时间过得快慢原不相同。”相与大笑。回到城里，我送季淑到黄淑贞家，把行李卸下我就走了，以后我们几次晤见是在三十六小学。

暑假很快的过去，我到南京去授课。在东南大学校门正对面有一条小巷，蓁巷，门牌四号是过探先教授新建的一栋平房，招租。一栋房分三个单位，各有四间。房子不肯分租，我便把整栋房子租了下来，一年为期。我自占中间一所，右边一所分给馀上沅、陈衡粹夫妇，左边一所分给张景钺、崔芝兰夫妇，三家均摊房租，三家都是前后准备新婚。我搬进去的第一天，真是家徒四壁，上沅和我天天四处奔走购置家具等物。寝室墙刷粉红色，书房淡蓝色。有些东西还需要设计定制。足足忙了几个月，我写信给季淑："新房布置一切俱全，只欠新娘。"房子有一大缺点，寝室后边是一大片稻田，施肥的时候必须把窗紧闭。生怕这一点新娘子感到不满。

南京冬天也相当冷，屋里没有取暖的设备。季淑用蓝色毛绳线给我织了一条内裤，由邮寄来。一排四颗黑扣子，上面的图案是双喜字。我穿在身上说不出的温暖，一直穿了几十年。这半年季淑很忙，一面教书一面筹备妆奁，利用她六年来的积蓄置办了四大楠木箱的衣物，没有一个人帮她一把忙。

七

我们结婚的日子是一九二七年二月十一日，行礼的地点是北京南河沿欧美同学会。这是我们请出媒人正式往返商决的。婚前还要过礼，亦曰放定，言明一切从简，那两只大呆鹅也免了，甚至许多人所期望的干果饼饵之类也没有预备。只有一具玉如意，装在玻璃匣里，还有两匣首饰，由媒人送到女家。如意是代表什么，我不知道，有人说像灵芝，取其吉祥之意，有人则说得很难听。这具如意是我们的传家之宝，平常高高的放在上房条案上的中央，左金钟，右玉磬，永远没人碰的。有了喜庆大事，才拿出来使用，用毕送还原处。以我所知，在我这回订婚以后还没有使用过一次。新娘子服装照例由男家准备，我母亲早已胸有成算，不准我开口。母亲带着我大姐到瑞蚨祥选购两身衣料，一身上衣与裙是粉红色的缎子，行婚礼时穿，一身上衣是蓝缎，裙子是红缎，第二天回门穿。都是全身定制绣花。母亲说若是没有一条红裙子便不能成为一个新娘了。她又说冬天冷，上衣非皮毛不可，于是又选了两块小白狐。衣服的尺寸由女家开了送来，我母亲一看大惊："一定写错了，腰身这样小，怎穿得上！"托人再问，回话说没错，我心中暗暗好笑，我早知道没错。棉被由我大姐负责缝制，她选了两块被面，一床洋妃色，一床水绿色，最妙的是她在被的四角缝进了干枣、花生、桂圆、栗子四色干果，我在睡觉的时候硌了我的肩膀，季淑告诉我这是取吉利，"早生贵子"之意。季淑不知道我们备了枕头，她也预备了一对，枕套是白缎子的，自己绣了红玫瑰花在角上，鲜艳无比，我舍不得用，留到如今。她又制了一个金质的项链，坠着一个心形的小盒，刻着我们两个的名字。这时候我家住在大取灯胡同一号，新房设在上屋西套间，因为不久要到南京去，所以没有什么布置，只是换了新的窗幔，买了一张新式的大床。

结婚那天，晴而冷。证婚人由我父亲出面请了贺履之（良朴）先生担任，他是我父亲的一个酒会的朋友，年高有德，而且是山水画家，当是一位名士。本来熊希龄先生曾对季淑自告奋勇愿为证婚，我们想想还是没有劳驾。张心一、张禹九两位同学是男傧相，季淑的美专同学孪生的冯棠、冯棣是女傧相。两位介绍人，只记得其一姓翁。主婚人是我父亲和季淑的四叔梓琴先生。

婚礼订在下午四时举行，客人差不多到齐了，新娘不见踪影。原来娶亲的马车到了女家，照例把红封从门缝塞进去之后，里面传话出来要递红帖，“没有红帖怎行？我们知道你是谁？”事先我要求亲迎，未被接纳，实不知应备红帖。僵持了半天，随车的人员经我父亲电话中指示临时补办，到荣宝斋买了一份红帖请人代书，总算过了关。可是彩车到达欧美同学会的时候暮霭渐深。这是意外事，也是意中事。

我立在阶上看见季淑从二门口由两人扶着缓缓的沿着旁边的游廊走进礼堂，后面两个小女孩牵纱。张禹九用胳膊肘轻轻触我说：“实秋，嘿嘿，娇小玲珑。”我觉得好像有人在我耳边吟唱着彭士（Robert Burns）的几行诗：

She is a winsome wee thing,
She is a handsome wee thing,
She is a lovesome wee thing,
This sweet wee wife o'mine.

她是一个媚人的小东西，
她是一个漂亮的小东西，
她是一个可爱的小东西，
我这亲爱的小娇妻。

事实上凡是新娘没有不美的。萨克令（Sir John Suckling）的一首《婚礼曲》（*A Ballad upon a Wedding*）就有几节很好的描写。

讲到新娘（说来话长），
像她那样的姑娘，
圣灵降临的庆祝会里尚未见过：
没有树熟的葡萄像她那样红润，
那样圆，那样丰满，那样细嫩，
汁浆有一半那样的多。

她的手指又细又小，
戒指戴上去就要溜掉，
因为太松了一点：
老实说（非说不可）
恰似小驹的颈上套着
一只大的项圈。

她裙下露出两只脚，
老鼠似的出出进进的跑，
像是怕外面的光亮：
但是她的舞步翩翩，
太阳在复活节的那一天，
也没有那样美的景象。

她的两颊白得出奇，
没有雏菊能和她相比；

令人一见魂儿飞上天了；
因为那白里还带着红色，
活像是枝头的小梨一个，
朝着太阳的那一边。
她的唇是红的；一片很薄，
挨近下巴的那片就厚得多
（必是才被蜜蜂螫伤）；
但是，狄克，她的两眼保护着脸，
我不敢多看一眼，
有如对着七月的太阳。

她的嘴好小，说起话来，
她的牙齿要把字儿咬碎，
以便从嘴里挤送出去；
但是她处理得很得法，
谈吐不比我们差，
而且一点也不吃力。

季淑那天头上戴着茉莉花冠。脚上穿的一双高跟鞋，为配合礼服，是粉红色缎子做的，上面缝了一圈的亮片，走起路来一闪一闪。因戒指太松而把戒指丢掉的不是她，是我，我不知在什么时候把戒指甩掉了，她安慰我说：“没关系，我们不需要这个。”

证婚人说了些什么话，根本就没有听进去，现在一个字也不记得。我只记得赞礼的人喊了一声礼成，大家纷纷涌向东厢入席就餐。少不了有人向我们敬酒，我根本没有把那小小酒杯放在眼里。黄淑贞突然用饭碗斟满了酒，严肃的说："季淑，你以后若是还认我做朋友，请尽此碗。"季淑一声不响端起碗来汩汩地喝了下去，大家都吃一惊。

回到家中还要行家礼，这是预定的节目。好容易等到客人散尽，两把太师椅摆在堂屋正中，地上铺了红毡子，请父母就座，我和季淑双双跪下磕头，然后闹哄到午夜，父母发话："现在不早了，大家睡去吧。"

罗赛蒂（D.G. Rossetti）有一首诗《新婚之夜》（*The Nuptial Night*），他说他一觉醒来看见他的妻懒洋洋的酣睡在他身旁，他不能相信那是真的，他疑心是在做梦。梦也好，不是梦也好，天刚刚亮，季淑骨碌爬了起来，梳洗毕换上一身新装，蓝袄红裙，红缎绣花高跟鞋，在穿衣镜前面照了又照，侧面照，转身照。等父母起来她就送过去两盏新沏的盖碗茶。这是新媳妇伺候公婆的第一幕。早餐罢，全家人聚在上房，季淑启开她的箱子把礼物一包一包的取出来，按长幼顺序每人一包，这叫做开箱礼，又叫做见面礼，无非是一些帽鞋日用之物，但是季淑选购甚精，使得家人皆大欢喜。我袖手旁观，说道："哎呀！还缺一份！——我的呢？"惹得哄堂大笑。

次一节目是我陪季淑"回门"。进门第一桩事是拜祖先的牌位，一个楠木龛里供着一排排的程氏祖先之神位多到不可计数。可见绩溪程氏确是一大望族，我们纳头便拜，行最敬礼。好像旁边还有人念念有词，说到三姑娘三姑爷什么什么的，我当时感觉我很光荣的成了程家的女婿。拜完祖先之后便是拜见家中的长辈，季淑的继祖母尚在，其次便是我的岳母，叔父辈则有四叔、七叔（荫庭先生）、九叔（荫轩先生），八叔已去世。婶婶则四婶就有两位，然后六婶、七婶、八婶、九婶。我们依次叩首，我只觉得站起来跪下去忙了一大阵。平辈相见，相互鞠躬。随后便是盛筵款待，我很奇怪季淑不在席上，不知她躲在哪里，原来是筵席以男性为限。谈话间我才知道，已去世的六叔还曾留学俄国，编过一部《俄华字典》刊于哈尔滨。

第三天，季淑病倒，腹泻。我现在知道那是由于生活过度紧张，睡了两天她就好了。

过了十几天，时局起了变化，国民革命军北伐逐步迫近南京。母亲关心我们，要我们暂且观望不要急急南下。父亲更关心我们，把我叫到书房私下对我说："你现在已经结了婚，赶快带着季淑走，机会放过，以后再想离开这个家庭就不容易了。不要糊涂，别误解我的意思。立刻动身，不可迟疑。如果遭遇困难，随时可以回来。我观察这几天，季淑很贤惠而能干，她必定会成为你的贤内助，你运气好，能娶到这样的一个女子。男儿志在四方，你去吧！"父亲说到这里，眼圈红了。

我商之于季淑，她遇大事永远有决断，立刻启程。父亲嘱咐，兵荒马乱的时候，季淑必须卸下她的鲜艳的服装，越朴素越好。她改着黑哔叽裙黑皮鞋，上身驼绒袄之外罩上一件粗布褂。我记得清清楚楚，布褂左下角有很大的一个缝在外面的衣袋，好别致。我们搭的是津浦路二等卧车（头等车被军阀们包用了），二等车男女分座，一个车厢里分上下铺，容四个人，季淑分得一个上铺。车行两天一夜，白天我们就在饭车上和过路的地方一起谈天，观看窗外的景致，入夜则分别就寝。车上睡不稳，一停就醒，醒来我就过去看看她。她的下铺是一位中年妇女，事后知道她是中国银行司库吴某的太太，她第二天和季淑攀谈：

“你们是新结婚的吧？”

“是的，你怎么知道？”

“看你那位先生，一夜的工夫他跑过来看你有十多趟。”这位吴太太心肠好，我们渡江到下关，她知道我们没有人接，便自动表示她有马车送我们进城。我们搭了她的车直抵蓁巷。

这时候南京市面已经有些不稳，散兵游勇满街跑，遇到马车就征用。我们在蓁巷一共住了五天，躲在屋里，什么地方也没去。事实上我们也不想出去。渐渐的听到遥远的炮声。我的朋友李辉光罗清生来，他们都是单身汉，劝我偕眷到上海暂避。罗清生和一家马车行的老板有旧，特意为我雇来马车，我们便邀同新婚的徐上沅夫妇一同出走。可怜我煞费苦心经营的新居从此离去，当时天真的想法是政治不会过分影响到学校，不久还可以回来，所以行李等物就承洪范五先生的帮忙寄存在图书馆地下室。马车走了不远就有两名大兵持枪吓阻，要搭车到下关，他们不由分说跳上了车旁的踏脚板，一边一个像是我们的卫兵，一路无阻直达江滨。到上海的火车已断，我们搭上了太古的轮船，奇怪的是头等客房只有我们两对，优哉游哉倒真像是蜜月中的旅行。

八

我们在上海三年的生活是艰苦的，情形当然是相当狼狈。有人批评孔子为“累累若丧家之狗”，孔子欣然笑曰：“形状未也，而似丧家之狗，然哉然哉！”

季淑的大姑住在上海（大姑父汪运斋先生），她的二女婿程培轩一家返徽省亲，空出的海防路住所借给我们暂住了半个月。这是我们婚后初次尝到安定畅快的生活。随后我们就租了爱文义路众福里的一栋房子，那是典型的上海式标准的一楼一底的房，比贫民窑要算是略胜一筹，因为有电灯自来水的设备而且门窗户壁俱全。关于这样的房子我写过一篇小文《住一楼一底房者的悲哀》，其中有这样几段：

一楼一底的房没有孤零零的一所矗立着的，差不多都像鸽子窝似的一大排，一所一所的构造的式样大小，完全一律，就好像从一个模型里铸出来的一般。我顶佩服的就是当初打图样的土著工程师，真能相度地势，节工省料，譬如五分厚的一垛山墙就好两家合用。王公馆的右面一垛山墙，同时就是李公馆的左面的山墙，并且王公馆若是爱好美术，在右面山墙上钉一个铁钉子，挂一张美女月份牌，那么李公馆在挂月份牌的时候就不必再钉钉子，因为这边钉一个钉子，那边就自然而然的会钻出一个钉头儿。

房子虽然以一楼一底为限，而两扇大门却是方方正正的，冠冕堂皇，望上去总不像是我所能租赁得起的房子的大门。门上两个铁环是少不得的，并且还是小不得的。……门环敲得啪啪响的时候，声浪在周围一二十丈以内的范围都可以很清晰播送得到。一家敲门，至少有三家应声“啥人？”至少有两家拔闩启锁，至少有五家人从楼窗中探出头来。

君子远庖厨，住一楼一底的人简直没有法子上跻于君子之伦。厨房里杀鸡，无论躲在哪一墙角都可以听见鸡叫（当然这是极不常有之事），厨房里烹鱼，我可以嗅到鱼腥，厨房里升火，就可以看见一朵一朵乌云在眼前飞过。自家的厨房既没法可以远，隔着半垛墙的人家的庖厨离我还是差不多的近……

厨房之上，楼房之后，有所谓亭子间者，住在里面真可说是冬冷而夏热，厨房烧柴的时候，一缕缕的青烟从地板缝中冉冉上升。亭子间上面又有所谓晒台者，名义是为晾晒衣服之用，实际常是人们乘凉、打牌、开放留声机的地方，还有人在晒台上另搭一间小屋堆置杂物。别看一楼一底，其中有不少曲折。

这一段话虽然不免揶揄，但是我们并无埋怨之意。我们虽然僦居穷巷，住在里面却是很幸福的。季淑和我同意，世界上没有一个地方比自己的家更舒适，无论那个家是多么简陋、多么寒伧。这个时候我在《时事新报》编一个副刊《青光》，这是由于张禹九的推荐临时的职业，每天夜晚上班发稿。事毕立刻回家，从后门进来匆匆登楼，季淑总是靠在床上看书等着我。

“你上楼的时候，是不是一步跨上两级楼梯？”她有一次问我。

“是的，你怎么知道？”

“我听着你的通通响的脚步声，我数着那响声的次数，和楼梯的级数不相符。”

我的确是恨不得一步就跨进我的房屋。我根本不想离开我的房屋。吾爱吾庐。

我们在爱文义路住定之后，暑假中，我的妹妹亚紫和她的好友龚业雅女士于女师大毕业后到上海来，就下榻于我们的寓处。下榻是夸张语，根本无榻可下，我和季淑睡在床上，亚紫、业雅睡在床前地板上。四个年轻人无拘无束的狂欢了好多天，季淑曲尽主妇之道。由于业雅的堂兄业光的引荐，我和亚紫、业雅都进了国立暨南大学服务。亚紫和业雅不久搬到学校的宿舍。随后我母亲返回杭州娘家去小住，路过上海也在我们寓所盘桓了几天。头一天季淑自己下厨房，她以前从没有过烹饪的经验，我有一点经验但亦不高明，我们两人商量着作弄出来四个菜，但是季淑煮米放多了水变成了粥，急得哭了一场。母亲大笑说：“喝粥也很好。”这一次失败给季淑的刺激很大。她说：“这是我受窘的一次，毕生不能忘。”以后她对烹饪就很悉心研究。

怀孕期间各人的反应不同。季淑于婚后三四个月即开始感觉恶心呕吐，想吃酸东西，这样一直闹到分娩那一天才止。一九二七年十二月一日（阴历十一月初八）我们的大女儿文茜生。预先约好的产科张湘纹临时迟迟不来，只遣护士照料，以致未能善尽保护孕妇的责任，使得季淑产后将近三个月才完全复原。她本想能找得一份工作，但是孩子的来临粉碎了一切的计划，她热爱孩子，无法分身去谋职业，亦无法分神去寻娱乐。四年之间四次生产，她把全部时间与精力奉献给了孩子。

第二年我们迁居到赫德路安庆坊，是二楼二底房，宽绰了一倍，但是临街往来的电车之稀里哗啦叮叮当当从黎明开始一直到深夜，地都被震动，床也被震动。可是久之也习惯了。我的内弟道宽这一年去世，弟妇士馨也相继而殁，我便和季淑商量把我的岳母接到上海来奉养。于是我们搭船回到北京回家小住，然后接了我的岳母南下。在这房子里季淑生下第二个女儿（三岁时夭折，瘗于青岛公墓）。季淑的身体本弱，据我的岳母告诉我，庚子之乱，她们一家逃避下乡，生活艰苦，季淑生于辛丑年二月，先天不足，所以自小羸弱。季淑连生两胎，体力消耗太大，对于孕妇保健的知识我们几等于零，所以她就吃亏太多，我事后悔恨无及。幸亏有她的母亲和她相伴，她在精神上得到平安，因为她不再挂念她的老母。我看见季淑心情宁静，我亦得到无上的安慰。

这一年我父亲游杭州，路过上海也来住了几天。季淑知道我父亲的日常生活的习惯和饮食的偏好，侍候惟恐不周。他洗脸要用大盆，直径要在二尺以上，季淑就真物色到那样大的洋瓷盆。他喝茶要用盖碗、水要滚、茶叶要好，泡的时间要不长不短，要守候着在正合宜的时候捧献上去，这一点季淑也做到了，我父亲说除了我的母亲之外只有季淑泡的茶可以喝。父亲喜欢冷饮，季淑自己制做各种各样的饮料，她认为酸梅汤只有北京信远斋的出品才够标准。早点巷口的生煎包子就可以了，她有时还要到五芳斋去买汤包。每餐菜肴，她尽其所能的去调配，自更不在话下。亚紫、业雅也常在一起陪伴，是我们家里最热闹的一段时期。父亲临走，对季淑着实夸奖了一番，说她带着两个孩子操持家务确是不易。

第三年我们搬到爱多亚路一零一四弄，是一栋三楼的房子，虽然也是弄堂房子，但有了阳台、壁炉、浴室、卫生设备等等。一九三零年四月十六日（阴历三月十八）在这里季淑生下第三胎，我们惟一的儿子文骐。照顾三个孩子，很不简单，单是孩子的服装就大费周章。季淑买了一架胜家缝纫机，自己做缝纫，连孩子的大衣也是自己做。她在百忙中没有忘记修饰她自己。她把头发剪了，不再有梳头的麻烦，额前留着刘海，所谓 boyish bob 是当时最流行的发式。旗袍短到膝盖，高领短袖。她自己的衣服也是大部分自己做，找裁缝匠反倒不如意。我喜欢看她剪裁，有时候比较质地好的材料铺在桌上，左量右量，画线再画线，拿着剪刀迟迟不敢下手，我就在一旁拍着巴掌唱起儿歌：“功夫用得深，铁杵磨成针，功夫用得浅，薄布不能剪！”她把我推开，“去你的！”然后她就咔吱咔吱的剪起来了，她很快的把衣服做好，穿起来给我看，要我批评，除了由衷的赞美之外还能说什么？

我在光华、中国公学两处兼课，真茹、徐家汇、吴淞是一个大三角，每天要坐电车、野鸡汽车、四等火车赶三处地方，整天奔波，所以每天黎明即起，厨工马兴义给我预备极丰盛的一顿早点，季淑不放心，她起来监督，陪我坐着用点，要我吃得饱饱的，然后伴我走到巷口看我搭上电车才肯回去。这一年我母亲带着五弟到杭州去，路过上海在我们家住了些日子。

我们右邻是罗努生、张舜琴夫妇，左邻是一本地商人，再过去是我的妹妹亚紫和妹夫时昭涵，再过去是同学孟宪民一家，前弄有时昭静和夏彦儒夫妇，丁西林独居一栋。所以巷里熟人不少。努生一家最不安宁，夫妻勃谿，时常动武，午夜爆发，张舜琴屡次哭哭啼啼跑到我家诉苦，家务事外人无从置喙，结果是季淑送她回去，我们当时不懂，既成夫妻何以会反目，何以会争吵，何以会仳离。季淑常天真的问我："他们为什么要离婚？"

有一天中秋前后徐志摩匆匆的跑来，对我附耳说："胡大哥请吃花酒，要我邀你去捧捧场。你能不能去，先去和尊夫人商量一下，若不准你去就算了。"我问要不要去约努生，他说，"我可不敢，河东狮子吼，要天翻地覆，惹不起。"我上楼去告诉季淑，她笑嘻嘻的一口答应："你去嘛，见识见识，喂，什么时候回来？""当然是，吃完饭就回来。"胡先生平素应酬未能免俗，也偶尔叫条子侑酒，照例到了节期要去请一桌酒席。那位姑娘的名字是"抱月"，志摩说大概我们胡大哥喜欢那个月字是古月之月，否则想不出为什么相与了这位姑娘。我记得同席的还有唐腴庐和陆仲安，都是个中老手。入席之后照例每人要写条子召自己平素相好的姑娘来陪酒。我大窘，胡先生说："由主人代约一位吧。"约来了一位坐在我身后，什么模样，什么名字，一点也记不得了。饭后还有牌局，我就赶快告辞。季淑问我感想如何，我告诉她：买笑是痛苦的经验，因为侮辱女性，亦即是侮辱人性，亦即是侮辱自己。男女之事若没有真的情感在内，是丑恶的。这是我在上海三年惟一的一次经验，以后也没再有过。

九

由于杨金甫的邀请，我到青岛去教书。这是一九三〇年夏天的事。我们乘船直赴青岛，先去参观环境，闻一多偕行。我们下榻于中国旅行社，雇了两辆马车环游市内一周，对于青岛的印象非常良好，季淑尤其爱这地方的清洁与气候的适宜，与上海相比不啻霄壤。我们随即乘火车返回北平度过一个暑假，我的岳母回到程家。

在青岛鱼山路四号我们租到一栋房子，楼上四间楼下四间。这地点距离汇泉海滩很近，约十几分钟就可以走到。季淑兴致很高。她穿上了泳装，和我偕孩子下水。孩子用小铲在沙滩上掘沙土，她和我就躺在沙滩上晒太阳，玩到夕阳下山还舍不得回家。有时候我们坐车到栈桥，走上伸到海中的长长的栈道，到尽端的亭子里乘凉。海滨公园也是我们爱去的地方，因为可以在乱石的缝里寻到很多的小蟹和水母，同时这里还有一个水族馆。第一公园有老虎和其他的兽栏，到了春季樱花盛开可真是蔚为大观，季淑叹为奇景，一去辄流连不忍走。后来她说美国西雅图或美京华盛顿的樱花品种不同，虽然也颇可观，但究比青岛逊色。我有同感。

我为学校图书馆购书赴沪一行，顺便给季淑买了一件黑绒镶红边的背心，可以穿在旗袍外面，她很喜欢，尤其是因为可以和她的一双黑漆皮镶红边的高跟鞋相配合。季淑在这时候较前丰腴，容颜焕发，洋溢着母性的光辉。我的朋友们很少在青岛有眷属，杨金甫、赵太侔、黄任初等都有家室，但都不知住在什么地方。闻一多一度带家眷到青岛，随即送还家乡。金甫屡次善意劝我，不要永远守在家里，暑期不妨一个人到外面海阔天空的跑跑，换换空气。我没有接受他的好意。和谐的家室，空气不需要换，如果需要的话，镇日价育儿持家的妻子比我更有需要。

父亲慕青岛名胜，来看我们住了十二天。我们天天出去游玩。有一天季淑到大雅沟的菜市买来一条长二尺以上的鲥鱼，父亲大为击赏。肥城桃、莱阳梨、烟台的葡萄与苹果，都可以说是天下第一，我们放量大嚼，而德人开的弗劳塞饭店的牛排与生啤酒尤为令人满意。张道藩从贵州带来的茅台酒，也成了我们孝敬父亲的无上佳品。有一晚父亲和我关起门来私谈，他把我们家的历史从我祖父起原原本本的讲述给我听，都是我从前没有听到过的，他说："有些事不足为外人道，不必对任何人提起，但不妨告诉季淑知道。"最后他提出两点叮嘱，他说他垂垂老矣，迫切期望我们能有机会在北平做事，大家住在一起，再就是关于他将来的身后之事。我当天夜晚把这些话告诉了季淑，她说："父亲开口要我们回去，我们还能有什么话说。"

第二年，我们搬到鱼山路七号居住。是新造的楼房，四上四下，还有地下室，前院亦尚宽敞。房东王德溥先生，本地人，具有山东人特有的忠厚朴实的性格，房东房客之间相处甚得。我们要求他在院里栽几棵树，他唯唯否否，没想到第二天他就率领着他的儿子押送两大车的树秧来了。六棵樱花，四棵苹果，两棵西府海棠，把小院种得满满的。树秧很大，第二年即开始着花，樱花都是双瓣的，满院子的蜜蜂嗡嗡声。苹果第二年也结实不少，可惜等不到成熟就被邻居的恶童偷尽。西府海棠是季淑特别欣赏的，胭脂色的花苞，粉红的花瓣，衬上翠绿的嫩叶，真是娇艳欲滴。

我们住定之后就设法接我的岳母来住，结果由季淑的一位表弟刘春霖护送到青岛。这样我们才安心。季淑身体素弱，第四度怀孕使她狼狈不堪，于一九三三年二月二十五日（阴历二月二日）生文蔷，由她的女高师同学王绪贞接生，得到特别小心照护，我们终身感激她。分娩之后不久，四个孩子同时感染猩红热，第二女不幸夭折。做母亲的尤为伤心。入葬的那一天，她尚不能出门，于冰霰霏霏之中，我看着把一具小棺埋在第一公墓。

青岛四年之中我们的家庭是很快乐的。我的莎士比亚翻译在这时候开始，若不是季淑的决断与支持，我是不敢轻易接受这一份工作。她怕我过劳，一年只许我译两本，我们的如意算盘是一年两本，二十年即可完成，事实上用了我三十多年的工夫！我除了译莎氏之外，还抽空译了《织工马南传》《西塞罗文录》，并且主编天津《益世报》的一个文艺周刊。季淑主持家务，辛苦而愉快，从来没有过一句怨言。我们的家座上客常满，常来的客如傅肖鸿、赵少侯、唐郁南都常在我们家便饭，学生们常来的有丁金相、张淑齐、蔡文显、朝朋等等。张罗茶饭招待客人都是季淑的事。我从北平订制了一个烤肉的铁炙子，在青岛恐怕是独一的设备，在山坡上拾捡松枝松塔，冬日烤肉待客皆大欢喜。我的母亲带着四弟治明也来过一次，治明特别欣赏季淑烹制的红烧牛尾。后来他生了一场富行疹，病中得到季淑的悉心调护，痊愈始去。

胡适之先生早就有意约我到北京大学去教书，几经磋商，遂于一九三四年七月结束了我们的四年青岛之旅。临去时房屋租约未满，尚有三个月的期间，季淑认为应该如约照付这三个月的租金，房东王先生坚不肯收，争执甚久，我在旁呵呵大笑，“此君子国也！”房东拗不过去，勉强收下，买了一份重礼亲到车站送行。季淑在离去之前，把房屋打扫整洁一尘不染，这以后成了我们的惯例，无论走到哪里，临去必定大事扫除。

十

我们决定回北平，父母亲很欢喜，开始准备迁居，由大取灯胡同一号迁到内务部街二十号。内务部街的房子本是我们的老家，我就是生在那个老家的西厢房，原是祖父留下的一所房子，在我十五岁的时候才从那里迁到大取灯胡同七号的新房。老家出租多年，现在收回自用。这所老房子比较大，约有房四十间，旧式的上支下摘，还有砖炕，院落较多，宜于大家庭居住。父母兴奋的不得了，把旧房整缮一新，把外院和西院划给我，并添造一间浴室。我母亲是年六十，她说：“好了，现在我把家事交给季淑，我可以清闲几年了。”事实上我们还是无法使母亲完全不操心。

回到北平先在大取灯胡同落脚，然后开始迁居。“破家值万贯”，而且我们家的传统是“室无弃物”，所以百八十年下来的这一个家是无数破烂东西的总汇，搬动一下要兴师动众，要雇用大车小车以及北平所特有的“窝脖儿的”，陆陆续续的搬了一个星期才大体就绪，指挥奔走的重任落在季淑的身上，她真是黎明即起，整天前庭后院的奔走，她的眼窝下面不时的挂着大颗的汗珠，我就掏出手绢给她揩揩。

垂花门外有一棵梨树，是房客栽的，多年生长已经扑到房檐上面，把整个院子遮盖了一半，结实累累，蔚为壮观。不知道母亲听了什么人饶舌，说梨与离同音，不祥，于是下令砍伐。季淑不敢抗，眼睁睁的看着工人把树砍倒，心中为之不怿者累日。后来我劝她在原处改植别的不犯忌讳的花木，亦可略补遗憾。她立即到隆福寺街花厂选购了四棵西府海棠，因为她在青岛就有此偏爱。这四株娇艳的花木果然如所预期很快的长大成形，翌年即繁花如簇，如火如荼，春光满院，生气盎然。同时她又买了四棵紫丁香，种在西院我的书房和卧室之间，紫丁香长得更猛，一两年间妨碍人行，非修剪不可，丁香开时香气四溢，招引蜂蝶终日攘攘不休。前院檐下原有两畦芍药奄奄一息，季淑为之翻土施肥，冬日覆以积雪，来春新芽茁发。我的书房檐下多阴，她种了一池玉簪，抽蕊无数。

我们一家三代，大小十几口，再加上男女佣工六七人，是相当大的一个家庭。晨昏定省是不可少的礼节。每天早晨听到里院有了响动，我便拉着文蔷到里院去，到上房和东厢房分别向父母问安。文蔷是我们最小的孩子，不拉着她便根本迈不过垂花门的一尺高的门槛。文茜、文骐都跟在我的身后，文蔷还另有任务，每天把报纸送给她的祖父，祖父接过报纸总是喊她两声："小肥猪！小肥猪！"因为她小时候很胖。季淑每天早晨要负责沏盖碗茶，其间的难处是把握住时间，太早太晚都不成。每天晚上季淑还要伺候父亲一顿消夜，有时候要拖到很晚，我便躺在床上看书等她。每日两餐是大家共用的，虽有厨工专理其事，调配设计仍需季淑负责，亦大费周章。家庭琐事永远没完没结，所谓家庭生活就是永无休止的修缮补苴。缝缝连连的事，会使用缝纫机的人就责无旁贷。对外的采办或交涉，当然也是能者多劳。最难堪的是于辛劳之余还不能全免于怨怼，有一回已经日上三竿，季淑督促工人捡煤球，扰及贪睡者的清眠，招致很大的不快。有人愤愤难平，季淑反倒夷然处之，她爱说的一句话是："唐张公艺九世同居，得力于百忍，我们只有三世，何事不可忍？"

家事全由季淑处理，上下翕然，我遂安心做我的工作，教书之余就是翻译写稿。我在西院南房，每到午后四时，季淑必定给我送茶一盏，我有时停下笔来拉她小坐，她总是把我推开，说，"别闹，别闹，喝完茶赶快继续工作。"然后她就抽身跑了。我隔着窗子看她的背影。我的翻译工作进行顺利，晚上她常问我这一天写了多少字，我若是告诉她写了三千多字，她就一声不响的翘起她的大拇指。我译的稿子她不要看，但是她愿意知道我译的是些什么东西。所以莎士比亚的几部名剧里的故事，她都相当熟悉。

有几部莎士比亚的电影片上演，我很希望她陪我去看，但是她分不开身，她总是遗憾的教我独自去看。

季淑有一个见解，她以为要小孩子走上喜爱读书的路，最好是尽早给孩子每人置备一个书桌。所以孩子们开始认字，就给他设备一份桌椅。木器店里没有给小孩用的书桌，除非定制，她就买普通尺寸的成品，每人一份，放在寝室里挤得满满的。这一项开支决不可省。她告诉孩子哪一个抽屉放书哪一个抽屉放纸笔。有了适当的环境之后，不久孩子养成了习惯，而且到了念书的时候自然的各就各位。孩子们由小学至大学，从来没有任何挫折，主要的是小时候养成良好习惯。季淑做了好几年的小学教师，她的教学经验在家里发生宏大的影响。可见小学教师应是最可敬的职业之一。

我们的男孩子仅有一个，季淑嫌单薄一些，最好有两男两女，一九三五年冬，她怀有五个月的孕，一日扭身开灯，受伤流产。送往妇婴医院，她为节省住进二等病房，夜间失血过多，而护士置若罔闻，我晨间赶去探视，已奄奄一息，医生开始惊慌，急救输血，改进头等病房并请特别护士。白天由我的岳母照料，夜晚由我陪伴，按照医院规定男客是不准在病房夜晚逗留的。一个星期之后才脱险。临去时那一些不负责任的护士还奚落她说："我们没有见过像你这样的娇太太！"从此我们就实行生育节制。

我对政治并无野心，但是对于国事不能不问。所以我办了一个周刊，以鼓吹爱国提倡民主为原则，朋友们如谢冰心、李长之等等都常写稿给我，周作人也写过稿子。因此我对于各方面的人物常有广泛的接触。季淑看见来访的客人鱼龙混杂就为我担心。她偶尔隔着窗子窥探出入的来客，事后问我："那个獐头鼠目的是谁？那个垂首蛇行的又是谁？他们找你做什么？"这使我提高了警觉。果然，就有某些方面的人来做说客，"愿以若干金为先生寿"。人们有一种错觉，以为凡属舆论，都是一些待价而沽的东西。我当即予以拒绝，季淑知道此事之后完全支持我的决定，她说："我愿省吃俭用和你过一生宁静的日子，我不羡慕那些有办法的人之昂首上骧。"我隐隐然看到她的祖父之高风亮节在她身上再度发扬。

日寇侵略日益加紧，一九三七年六月二十三日蒋介石及汪兆铭联名召开庐山会议，我应邀参加，事实上没有什么商议，只是宣告国家的政策。我没有等会议结束即兼程北返，七月七日卢沟桥事变爆发，二十八日北平陷落。我和季淑商议，时势如此，决定我先只身逃离北平。我当即写下了遗嘱。戎火连天，割离父母妻子远走高飞，前途渺渺，后顾茫茫。这时候我联想到"出家"真非易事，确是将相所不能为。然而我毕竟这样做了。等到平津火车一通，我立即登上第一班车，短短一段路由清早走暮夜才到达天津。临别时季淑没有一点儿女态，她很勇敢的送我到家门口，互道珍重，相对黯然。"与子之别，思心徘徊！"

十一

和我约好在车上相见的是叶公超，相约不交一语。后来发现在车上的学界朋友有十余人之多，抵津后都住进了法租界帝国饭店。我旋即搬到罗努生、王右家的寓中，日夜收听广播的战事消息，我们利用大头针制作许多面红白小旗，墙上悬大地图，红旗代表我军，白旗代表敌军，逐日移动的插在图上。看看红旗有退无进，相与扼腕。《益世报》的经理生宝堂先生在赴义租界途中被敌兵捕去枪杀，我们知道天津不可再留，我与努生遂相偕乘船到青岛，经济南转赴南京。在济南车站遇到数以千计由烟台徒步而来的年轻学生，我的学生丁金相在车站迎晤她的逃亡朋友，无意中在三等车厢里遇见我，相见大惊，她问我："老师到哪里去？"

"到南京去。"

"去做什么？"

"赴国难，投效政府，能做什么就做什么。"

"师母呢？"

"我顾不得她，留在北平家里。"

她跑出站买了一瓶白兰地、一罐饼干送给我，汽笛一声，挥手而别，我们都滴下了泪。

南京在敌机空袭之下，人心浮动。我和努生都有报国有心投效无门之感。我奔跑了一天，结果是教育部发给我二百元生活费和岳阳丸头等船票一张，要我立即前往长沙候命。我没有选择，便和努生匆匆分手，登上了我们扣浦的日本商船岳阳丸。叶公超、杨金甫、俞珊、张彭春都在船上相遇。伤兵难民挤得船上甲板水泄不通，我的精神陷入极度苦痛。到长沙后我和公超住在青年会，后移入韭菜园的一栋房子，是樊逵羽先生租下的北大办事处。我们三个人是北平的大学教授南下的第一批。随后张子缨也赶了来。长沙勾留了近月，无事可做，心情苦闷，大家集议醵资推我北上接取数家的眷属。我衔着使命，间道抵达青岛，搭顺天轮赴津，不幸到烟台时船上发现虎烈拉，船泊大沽口外，日军不许进口，每日检疫一次，海上拘禁二十余日，食少衣单，狼狈不堪。登岸后投宿皇宫饭店，立即通电话给季淑，翌日她携带一包袱冬衣到津与我相会。乱离重逢，相拥而泣。翌日季淑返回北平。因樊逵羽先生赶到天津，我遂在津又有数日勾留。后我返平省亲，在平滞留三数月，欲举家南下，而情况不许，尤其是我的岳母年事已高不堪跋涉。季淑与其老母相依为命，不可能弃置不顾，侍养之日诚恐不久，而我们夫妻好合则来日方长，于是我们决定仍是由我只身返回后方。会徐州陷落，敌伪强迫悬旗志贺，我忍无可忍，遂即日动身。适国民参政会成立，我膺选为参政员，乃专程赴香港转去汉口，从此进入四川，与季淑长期别离六年之久。

在这六年之中，我固颠沛流离贫病交加，季淑在家侍奉公婆老母，养育孩提，主持家事，其艰苦之状乃更有甚于我者。自我离家，大姐二姐相继去世，二姐遇人不淑身染肺癌，乏人照料，季淑尽力相助，弥留之际仅有季淑与二姐之幼女在身边陪伴。我们的三个孩子在同仁医院播种牛痘，不幸疫苗不合规格，注射后引起天花，势甚严重，几濒于殆，尤其是文茜面部结痂作痒，季淑为防其抓破成麻，握着她的双手数夜未眠，由是体力耗损，渐感不支。维时敌伪物资渐缺，粮食供应困难，白米白面成为珍品，居恒以糠麸花生皮屑羼入杂粮混合而成之物充饥，美其名曰文化面。儿辈羸瘦，呼母索食。季淑无以为应，肝肠为之寸断。她自己刻苦，但常给孩子鸡蛋佐餐，孩子久而厌之。有时蒸制丝糕（即小米粉略加白面白糖蒸成之糕饼）作为充饥之物，亦难得引起大家的食欲。此际季淑年在四十以上，可能是由于忧郁，更年期提早到来，百病丛生，以至于精神崩溃。不同情的人在一旁讪笑："我看她没有病，是爱花钱买药吃。""我看她也没有病，我看见她每饭照吃。""我看她也没有病，丝糕一吃就是两大块。"她不顾一切，乞灵于协和医院，医嘱住院，于是在院静养两星期，病势略转，此后风湿关节炎时发时愈，足不良行。孩子们长大，进入中学，学业不成问题，均尚自知奋勉不落人后，但是交友万一不慎后果堪虞，季淑为了此事最为烦忧。抗战期间前方后方邮递无阻，我们的书信往来不断，只是互报平安，季淑在家种种苦难并不透露多少，大部分都是日后讲给我听。

我的岳母虽然年迈，健康大致尚佳。她曾表示愿意看看自己的寿材，所以我在离平之前和季淑到了桅厂订购了上好的材木一副，她自己也看了满意。一九四三年春偶然不适，好像有所预感，坚持回到程家休息，不数日即突然病革，季淑带着孩子前去探视，知将不起，尚殷殷以我为念。她最喜爱文蔷，临终时呼至榻前，执其手而告之："文蔷，你要乖乖的，听你妈妈的话。"言讫，溘然而逝。所有丧葬之事均由季淑力疾主持。她有信给我详述经过，哀毁逾恒，其中有一句话是“华，我现在已成为无母之人矣……”季淑孝顺她的母亲不是普通的孝顺，她是真实的做到了“菽水承欢”。

季淑没有和我一起到后方去，主要的是为了母亲。如今母亲既已见背，我们没有理由维持两地相思的局面。我们十年来的一点积蓄除了投资损失之外陆续贴补家用，六年来亦已告罄，所以我就写信要她准备来川。她惟一的顾虑是她的风湿病，不知两腿是否禁得起长途跋涉。说也奇怪，她心情一旦开朗，脚步突然转健，若有神助。由北平起旱到四川不是一件容易事。季淑有一位堂弟道良，前两年经由叔辈决定过继给我的岳母做继子，他们的想法是：季淑究竟是一个女儿，嫁出的女儿泼出的水，不能成为嗣祧。道良为人极好，事季淑如胞姐。他自告奋勇，送她一半行程，一九四四年夏，季淑带着三个孩子十一件行李，病病歪歪的，由道良搀扶着，从北平乘车南下。由徐州转陇海路到商丘，由商丘起旱到亳州，这是前后方交界之处，道良送她到此为止，以后的漫漫长途就靠她自己独闯了。所幸她的腿疾日有进步，到这时候已可勉强行走无需扶持。从亳州到漯河，由漯河到叶县，这一段的交通工具只能利用人力推车，北方话称之为“小车子”，车仅一轮，由车夫一人双手把持，肩上横披一带系于车把之上，轮的两边则一边坐人，一边放行李，车夫一面前进一面摆动其躯体以维持均衡。土路崎岖，坑洼不平，轮轴吱吱作响，不但进展迟缓，且随时有翻倒之虞。车夫一面挥汗一面高唱俚歌，什么“常山赵子龙，燕人张翼德”，“有山就有水，有水就有鱼……”，一路上前呼后应，在黄土飞扬之中打滚。到站打尖，日暮投宿。季淑就这样的带着三个孩子十一件行李一天又一天的在永无止境的土路上缓缓前进。怕的是青纱帐起，呼吁无门，但邀天之幸一路安宁，终于到达叶县。对于劳苦诚实的车夫们，季淑衷心感谢，乃厚酬之。

由叶县到洛阳有公路可循，可以搭乘公共汽车，汽车是使用柴油的，走起来突突冒烟，随时随地抛锚。乘客拥挤抢座，幸赖有些流亡学生见义勇为，帮助季淑及二女争取座位，文骐不在妇孺之列只能爬上车顶在行李堆中觅一席地。季淑怕他滚落，苦苦哀求其他车顶上的同伴赐以援手，幸而一路无事。黄土平原久旱无雨，汽车过处黄尘蔽天，到站休息时人人毛发尽黄，纷纷索水洗面。季淑在道旁小店就食，点菠菜猪肝一盘，孩子大悦，她不忍下筷惟食余沥而已。同行的流亡学生有贫苦以至枵腹者，季淑解囊相助，事实上她自已的盘缠也所余无几了。

季淑一行到洛阳后稍事休息，搭上火车，精神为之一振，虽是没有窗户的铁闷车，然亦稳速畅快。惟夜间闯过潼关时熄灯急驶，犹不免遭受敌军炮轰，幸而无恙，饱受虚惊。到达西安，在菊花园口厚德福饭庄饱餐一顿并略得接济，然后搭车赴宝鸡，这是陇海路最后一站。从此便又改乘公共汽车，开始长征入川。汽车随走随停，至剑阁附近而严重抛锚，等待运送零件方能就地修复，季淑托便车带信给我，我乃奔走公路局权要之门请求救济，我生平不欲求人，至是不能不向人低首！在此期间，季淑等人食宿均成问题，赖有同行难友代为远道觅食，夜晚即露宿道旁。一夕，睡眠中忽闻哞声走于身畔，隐约见一庞形巨物，季淑大惊而呼，群起察视，原来是一只水牛。越数日汽车修复，开始蠕动，终于缓缓的爬到了青木关，再换车而抵达北碚，与我相会。

六年暌别，相见之下惊喜不可名状。长途跋涉之后，季淑稍现清癯。然而我们究竟团圆了。“今夕何夕，见此粲者！”凭了这六年的苦难，我们得到了一个结论：在丧乱之时，如果情况许可，夫妻儿女要守在一起，千万不可分离。我们受了千辛万苦，不愿别人再尝这个苦果。日后遇有机会我们常以此义劝告我们的朋友。

我在四川一直支领参政会一份公费，虽然在国立编译馆全天工作，并不受薪。人笑我迂，我行我素。现在五口之家，子女就学，即感拮据。季淑征尘甫卸，为补充家用，接受社会部北碚儿童福利实验区之聘，任该区福利所干事。区主任为章柳泉先生。季淑的职务是办理消费合作社的事务。和她最契的同事是童启华女士（朱锦江夫人），据季淑告诉我，童先生平素不议人短长，不播弄是非，而且公私分明，一丝不苟，掌管公物储藏，虽一纸一笔之微，核发之际亦必详究用途不稍浮滥，时常开罪于人。季淑说像这样奉公守法的人是极少见的，季淑和她交谊最洽，可惜胜利后即失去联络，但季淑时常想念到她。

第二年，即一九四五年，季淑转入迁来北碚的国立戏剧专科学校为教具组服装管理员，校长为馀上沅。上沅夫妇是我们的熟人，但季淑并不因人事关系而懈怠其职务，她准时上班下班，忠于其职守。她给全校师生留下了良好的印象。

季淑于生活艰难之中在四川苦度了两年。事实上在抗战期间无论是在陷区或后方，没有人不受到折磨的。只有少数有办法的人能够混水摸鱼。我有一位同学，历据要津，宦囊甚富，战时寓居香港，曾扬言于众："你们在后方受难，何苦来哉？一旦胜利来临，奉命接收失土坐享其成的是我们，不是你们。"我们听了不寒而栗。这位先生于日军攻占香港时遇害，但是后来接收人员"五子登科"的怪剧确是上演了。

一九四五年八月十日季淑于晚间下班时带回了一张报纸的号外：

嘉陵江日报

号外

日本接受无条件投降

旧金山八月十日广播日本政府本日四时接受四国公告无条件投降其惟一要求是保留天皇今日吾人已获胜利已获和平

我们听到了遥远的爆竹声，鼎沸的欢呼声。

还乡的交通工具不敷，自然应该让特权阶级豪门巨贾去优先使用，像我们所服务的闲散机构如国民参政会、国立编译馆之类当然应该听候分配。等候了一年光景，一九四六年秋国民参政会通知有专轮直驶南京，我们这才怀着一种复杂的心情告别四川鼓轮而下。我说心情复杂，因为抗战结束可以了却八年流亡之苦，可以回乡省视年老的爹娘，可以重新安心做自己的工作，但是家园已经破碎，待要从头整理，而国事蜩螗，不堪想象。

十二

我们在南京下榻于国立编译馆的一间办公室内，包饭搭伙，孩子们睡地板。也有人想留我在南京工作，我看气氛不对，和季淑商量还是以回到北平继续教书为宜，便借口离开南京遄赴上海搭飞机返平。阔别八年的我，在飞机上看到了颐和园的排云殿，心都要从口里跳出来。

回到家里看见我父母都瘦了很多，一阵心酸，泣不可抑。当时三弟五弟都在家，大姐一家也住在东院，后来五妹和妹婿一家也来了，家里显得很热闹。我们看到垂花门前的野草高与人齐，季淑便令孩子们拔草，整理庭院焕然一新。我的父亲是年七十，步履维艰，每晨自己提篮外出买烧饼油条相当吃力，我便请准由我每日负责准备早餐。当我提了那只篮子去买烧饼的时候，肆人惊问我为何人，因为他们认识那个篮子。也许这两桩事我们做得不对，因为我们忘了《世说新语》赵母嫁女的故事："赵母嫁女，女临去，敕之曰：'慎勿为好！'女曰：'不为好，可为恶邪？'母曰：'好尚不可为，其况恶乎？'"我们率直而为之，不是有意为好。家里人口众多，遂四处分爨。

父亲关心我的工作，有一天拄着拐杖到我书室，问我翻译莎士比亚进展如何，这使我非常惭愧，因为抗战八年中我只译了一部。父亲说："无论如何，要译完它。"我就是为了他这一句话，下了决心必不负他的期望。想不到的是，于补祝他的七十整寿在承华园举行全家盛筵之后不久，有一晚我们已就寝，他突患冠状脉阻塞症，急救无效，竟于翌日晚间溘然长逝！我从四川归来，相聚才只一个月，即遭此大故！装殓时季淑出力最多，随后丧葬之事，她不作主张，只知尽力。

另一不幸事故，季淑的弟弟道良在东北军事倥偬之际受任辽宁大石桥车站站长，因坚守岗位不肯逃避以致殉职，遗下孤儿寡妇，惨绝人寰。灵柩运回北平，我陪季淑到东便门车站迎接，送往绩溪义园厝葬，我顺便向我的岳母的坟墓敬礼，凄怆之至。

这时候通货膨胀，生活困苦，我除在师大授课之外利用寒假远到沈阳去兼课。季淑善于理家，在短绌的情形之下仍能稍有赢余。她的理论是：储蓄之法不是在开销之外把余羡收存起来，而是预先扣除应储之数然后再作支出。我们不时的到东单或东四的菜市，遇有鱼鲜辄购一尾，由季淑精心烹制献给母亲佐餐，因为这是我母亲喜食之物。我曾劝她买鱼两尾，一半自己享用，因为我知道她亦正有同嗜，而她坚持不可。她说："我们的享受，当俟来日。"她有一次在摊上看到煮熟的大块瘦肉，价格极廉，便买一小块携回，食之而甘，事后才知道那是驴肉或骡肉。我们日常用的水果是萝卜与柿子，孩子们时常望而生畏。

困苦中也要作乐。我们一家陪同赵清阁游景山，在亭子里闲坐啜茗，事后我写了一首五律送她。又有一次我们一家和孙小孟一家游颐和园，爬上众香国，几个大人都气力不济，孩子们争先恐后的跑上了排云殿，我笑谓季淑曰："你还有上鬼见愁的勇气没有？"又指着玉泉山上的玉峰塔说："你还记得那个地方么？"她笑而不答。风景依然，而心情不同了。到了冬天，孩子们去北海滑冰，我们便没有去观赏的兴致，想不到故都名胜，我们就这样的长久暌别，而季淑下世，重温旧梦亦永不可得！

一九四八年冬，北平风声日紧。有一天何思源来看我，我问他有何观感，他说："毫无办法。"一个有办法的人都说没有办法。不数日炸弹丢在锡拉胡同他的住宅，炸死了他的一个女儿。学校的同事们有人得风声之先，只身前往门头沟，大多数人皇皇然。这时候我的朋友陈可忠任广州中山大学校长，约我去教书，我便于十二月十三日带着孩子先行赴津洽购船票南下。季淑因为代我三妹出售房产手续未毕，约好翌日赴津相会。那时候卖房极为费事，房客刁钻，勒索搬家费高至房款三分之一，而且需以黄金支付，否则拒不搬出，及交付黄金，则对于黄金成色又多方挑剔。季淑奔走折冲，心力俱瘁。翌日手续办好，而平津交通中断。我在天津车站空接一场，急通电话到家，季淑毅然决然告我："急速南下，不要管我。"我遂于十二月十六日登上"湖北轮"凄然离津，途经塘沽遭岸上士兵枪射，蜷卧统舱凡十四日始达香港。自我走后，季淑与文茜夫妇同居数日，但她立刻展开活动，决计觅求职业自力谋生，她说："沮丧没有用，要面对现实积极的活下去。"她首先去访问她的朋友范雪茵（黄国璋夫人），他们很热心，在她困难的时候伸出了援手。他们立刻把消息传到师大，校长袁敦礼先生及其他同事们都表示同情，答应设法给她觅取一份工作。三数日内消息传来，说政府派有两架飞机北来迎取一些学界人士南下，其实城外机场已陷，城内炮声隆隆，临时在城内东长安街建造机场。季淑接到紧急电话通告，谓名单中有我的名字，她可以占用我的座位，须立即到北京饭店报到，一小时内起飞云云。她没有准备，仓卒中提起一个小包袱衣物就上了飞机，出乎意料的，机上的人很少，空位很多。绝大多数的学界人昧于当前的局势，以及政局变化不会影响到教育，并且抗战八年的流离之苦谁也不想重演，所以有此种现象。有少数与学界无关的人却因人事关系混上了飞机。在南京主持派机的人是陈雪屏先生，他到机场亲自照料，凡无处可投的人被安置在一个女子学校礼堂里，季淑当晚就在那空洞洞的大房里睡了一宿。第二天她得到编译馆的王向辰先生的照料，在姚舞雁女士的床上又睡了一晚，第三天向辰送她上了火车赴沪。我的三妹四弟都在上海，她先投奔厚德福饭店，由饭店介绍一家旅馆住下，随后她就搬到三妹家，立即买舟票赴港。我在海洋漂泊的时候她早已抵沪，而我不知道。我于十二月三十一日到香港，翌日元旦遄赴广州，正在石碑校区彷徨问路，突遇旧日北碚熟人谓我有信件存在收发室。取阅则赫然季淑由沪寄来之航信，我大喜过望，按照信中指示前往黄埔，登船阒无一人，原来船提前到达，我迟了一步，她已搭小轮驶广州。我俟回到广州，季淑也很快的找到了我的住处——文明路的平山堂。我以为我们此后难以再见，居然又庆团圆！

十三

在广州这半年，我们开始有身世飘零之感。平山堂是怎样的一个地方，我曾有一小文《平山堂记》纯是纪实。我们住在这里，季淑要上街买菜，室中升火，提水上楼，楼下洗浣，常常累得红头涨脸。看见从东北来的师生露宿的情形，她又着实不忍，再看到山东来的学生数百人在操场上升火煮稀饭，她便拿出十元港币命孩子给送了过去。我们在穷困中兴复不浅，曾到六榕寺去玩，对于苏东坡题壁，和六祖慧能的塑像印象甚深，但是那座花塔颜色俗丽而游人如织，则我们只好远远的避开。海角红楼也去饮茶过一次。住处实在没有设备，同人康清桂先生为我们订制了一张小木桌。一切简陋，而我们还请梅贻琦、陈雪屏先生来吃过一顿便饭，季淑以她的拿手馅饼飨客，时昭瀛送来一瓶白兰地，梅先生独饮半瓶而玉山颓矣。

广州中山大学外文系主任林文铮先生，好佛，他的单人宿舍是一间卧室一间佛堂，常于晚间作法会，室为之满。林先生和我一见如故，谓有夙缘，从此我得有机会观经看教，但是后来要为我“开顶”，则敬谢不敏。季淑也在此时开始对于佛教发生兴趣，她只求摄心，并不佞佛。林先生深于密宗，我贪禅悦，季淑则近净土。这时候法舫和尚在广州，有一天有朋友引他来看我，他是太虚的弟子，我游缙云山时他正是缙云寺的知客，曾有过一面之缘，他居然还没忘记。他送来一部他所著的《金刚经讲话，附心经讲话》，颇有深入浅出之妙，季淑捧读多遍，若有所契，后来持诵《心经》成为她的日课。人到颠沛流离的时候，很容易沉思冥想，披开尘劳世网而触及此一大事因缘。因为季淑于佛教中得到一些精神上的寄托，无形中也影响到我，我于观经之余常有疑义和她互相剖析商讨，惜无金篦刮膜，我们终未能深入。我写有《了生死》一篇小文，便是我们的一点共同的肤浅之见，有些眼界高的人讥我谓为小乘之见，然哉，然哉！

我们每到一地，季淑对于当地的花木辄甚关心。平山堂附近的大礼堂后身有木棉十数本，高可七八丈，红花盛开，遥望如霞如锦，蔚为壮观。花败落地，訇然有声，据云落头上可以伤人。她从地上拾起一朵，瓣厚数分，蕊如编縒，赏玩久之。

此时军事情势逆转，长江天堑而竟一苇可渡！广州震动，人心皇皇，我们几个朋友经常商讨何去何从。有一位朋友说他在四川万县有房有地，吃着无虞，欢迎我们一家前去同住。有一位朋友说他决计远走高飞到甘肃兰州，以为那是边陲，世外桃源。有一位朋友忽然闷声不响，原来他是打算去香港暂时观望徐图靠拢。这时候教育部长杭立武先生，次长吴俊升、翟桓先生，他们就在中大的大礼堂楼上办公，通知我教育部要在台湾台北设法恢复国立编译馆的机构，其现实的目的是暂时收罗一些逃亡的学界人士。我接受了这个邀请，由台湾的教育厅长陈雪屏先生为我办了入境证，便于一九四九年六月底搭乘华联轮，直驶台湾，季淑晕船，一路很苦。

十四

台湾二二八的影子还有时在心中呈现。我临行前写信给我的朋友徐宗涑先生："请为我预订旅舍，否则只好在尊寓屋檐下暂避风雨。"他派人把我们从基隆接到台北他家里歇宿了三天，承他的夫人史永贞大夫盛情款待，季淑与我终身感激。第四天搬进德惠街一号，那是林挺生先生的一栋日式房屋，承他的厚谊使我们有了栖身之处，而且一住就是三年，这一份隆情我们只好永铭心版了。季淑曾对我说："朋友们的恩惠在我们的心上是永不泯灭的，以后纵然有机会能够报答一二，也不能磨灭我们心上的刻痕。"她说得对。

德惠街当时是相当荒僻的地方，街中心是一条死水沟，野草高与人齐，偶有汽车经过，尘土飞扬入室扑面。在榻榻米上睡觉是我们的破题儿第一遭，躺下去之后觉得天花板好高好高，季淑起身时特别感觉吃力。过了两三个月，我买来三张木床，一个圆桌，八个圆凳，前此屋内只有季淑买来的一个藤桌四把藤椅。这是我们的全部家具，一直用了二十多年直到离开台湾始行舍去。有一天齐如山老先生来看我，进门一眼看到室内有床，惊呼曰："吓！混上床了！"这个"混"字（去声）来得妙，混是混事之谓，北方土语谓在社会上闯荡赚钱谋生为"混"。有季淑陪我，我当然能混得下去！徐太太送给我们一块木板一根擀面杖和几个瓶子，我们便请了宗涑和他的夫人来吃饺子，我擀皮，季淑包，虽然不成敬意，大家都很高兴。

附近有一家冰果店，店名曰："春风"，我们有时踱到那里吃点东西，季淑总是买冰棒一根，取其价廉。我们每去一次，我名之为"春风一度"。

有人送一只特大的来亨鸡，性极凶猛，赤冠金距，遍体洁白，我们名之为"大公"。怕它寂寞，季淑给它买来一只黑毛大母鸡，名之为"缩脖坛子"，为大公所不喜，后又买来一只小巧的黄花杂毛母鸡，深得大公欢心，我们名之为"小花"。小花生蛋，大公亦有时代孵。大公得食，留给小花，没有缩脖坛子的分，卵多被大公踏破，季淑乃取卵纳入纸匣，装以灯泡，不数日而壳破雏出，有时壳坚不得出，她就小心的代为剖剥，黄茸茸的小雏鸡托在掌上，讨人喜欢。雏鸡长大者不过三数只，混种特别矫健，兼有大公之白与小花之俏，我们分别名之为老大老二老三。饲鸡是一件趣事，最受欢迎的是沙丁鱼汁拌饭，再不就是残肴剩菜拌饭，而炸酱面尤妙，会像"长虫吃扁担"似的一根根的直吞下去，季淑顾而乐之。养鸡约有两年，后因迁居不便携带乃分送友朋，大公抑郁病死，小花被贼偷走不知所终。

我们本来不拟雇用女仆，季淑愿意操劳家事，她说她亲手制作饭食给我和孩子享用，是她的一大快乐，而且劳动筋骨对她自己也有益处。编译馆事务方面的人坚持要送一位女仆来理炊事，固辞不获，于是我们家里就添了一位年方十九籍隶新竹的丫小姐。是一位天真未凿的乡下姑娘，本地的风俗是乡下人家常把他们的女儿送到城里来做事，并不一定是为糊口，常是为了想在一个良好家庭中学习一些礼仪知识以为异日主持家务之准备。季淑对于佣工，从来没有过摩擦，凡是到我家里来工作的人都是善来善去。这位丫小姐年纪轻轻，而且我们也努力了解本地的风俗习惯，待之以礼，所以和我们相处很好。不知怎的，她一天天的消瘦下来，不思饮食，继而不时的长吁短叹，终乃天天以泪洗面。季淑不能不问，她初不肯言，终于廉得其情，其中一部分仍是谎饰，但是我们大体明了她的艰难处境。她急需要钱。季淑基于同情，把她手中剩存美金三十元全部送给了她，解救她的困厄。于羞惭称谢声中，她离我们而去。

编译馆原是由杭立武部长自兼馆长，馆址由洛阳街迁到浦城街，人员增多，业务渐繁，杭先生不暇兼顾，要我代理，于是馆长一职我代理了九个多月。文书鞅掌，非我素习，而人事应付尤为困扰。接事之后，大大小小的机关首长纷纷折简邀宴，饮食征逐，虚糜公帑。有一次在宴会里，一位多年老友拍肩笑着说道："你现在是杭立武的人了！"我生平独来独往不向任何人低头，所以栖栖皇皇一至于斯，如今无端受人讥评，真乃奇耻大辱。归而向季淑怨诉，她很了解我，她说："你忘记在四川时你的一位朋友蒋子奇给你相面，说你'一身傲骨，断难仕进'？"她劝我赶快辞职。她想起她祖父的经验，为宦而廉介自持则两袖清风，为宦而贪赃枉法则所不屑为，而且仕途险恶，不如早退。她对我说："假设有一天，朋比为奸坐地分赃的机会到了，你大概可以分到大股，你接受不？受则不但自己良心所不许，而且授人以柄，以后永远被制于人。不受则同僚猜忌，惟恐被你检举，因不敢放手胡为而心生怨望，必将从此千方百计陷你于不义而后快。"

她这一番话坚定了我求去的心。此时政府改组，杭先生去职，我正好让贤，于是从此脱离了编译馆，专任师大教职。我任事之初，从不往来的人也登门存问，而且其尊夫人也来和季淑周旋，我卸职之后则门可罗雀，其怪遂绝。芝麻大的职位也能反映出一点点的人性。

因为台大聘我去任教并且拨了一栋相当宽敞的宿舍给我，师大要挽留我也拨出一栋宿舍给我，我听从季淑的主张决定留在师大，于是在一九五二年夏搬进了云和街十一号。这也是日式房屋，不过榻榻米改换为地板，有几块地方走上去像是踏在地毯上一般软呼呼的。房子油刷一新，碧绿的两扇大门还相当耀眼，一位早已分配到宿舍而尚无这样大门的朋友顾而叹曰："是乃豪门！"地皮不大方正，前面宽，后面窄，在堪舆家看来是犯大忌的，我们不相信这一套。前院有一棵半枯的松树，一棵头重脚轻的曼陀罗（俗名鸡蛋花），还有一棵很大很大的面包树。这一棵面包树遮盖了大半个院子，叶如巨灵之掌，可当一把蒲扇用，果实烂熟坠地，据云可磨粉做成面包。季淑喜欢这棵树，喜欢它的硕大茂盛。后院里我们种了一棵黄莺，一棵九重葛，都很快的长大，为了响应当时的号召，还在后院建设了一个简陋的防空洞，其作用是积存雨水繁殖蚊虫。

面包树的荫凉，在夏天给我们招来了好几位朋友。孟瑶住在我们街口的一个"危楼"里，陈之藩、王节如也住在不远的地方，走过来不需要五分钟，每当晚饭后薄暮时分这三位是我们的常客。我们没有椅子可以让客人坐，只能搬出洗衣服时用的小竹凳子和我们饭桌旁的三条腿的小圆木凳，比“班荆道故”的情形略胜一筹。来客在树下怡然就座，不嫌简慢。我们海阔天空，无所不谈。我记得孟瑶讲起她票戏的经验眉飞色舞，节如对于北平的掌故比我知道的还多，之藩说起他小时候写春联的故事最是精彩动人。三位都是戏迷，逼我和季淑到永乐戏院去听戏，之后谈起顾正秋女士谈三天也谈不完。季淑每晚给我们张罗饮料，通常是香片茶，永远是又酽又烫。有时候是冷饮，如果是酸梅汤，就会勾起节如对于北平信远斋的回忆，季淑北平住家就在信远斋附近，她便补充一些有关这一家名店的故事。坐久了，季淑捧出一盘盘的糯米藕，有关糯米藕的故事我可以讲一小时，之藩听到皱眉叹气不已，季淑指着我说：“为了这几片藕，几乎把他馋死！”有时候她以冰凉的李子汤给我们解渴，抱憾的说：“可惜这里没有老虎眼大酸枣，否则还要可口些。”到了夜深往往大家不肯散，她就为我们准备消夜，有时候是新出屉的大馒头，佐以残羹剩肴。之藩怕鬼，所以临去之前我一定要讲鬼故事，不待讲完他就堵起耳朵。他不一定是真怕鬼，可能是故做怕鬼状，以便引我说鬼，我知道他不怕鬼，他也知道我知道他不怕鬼，彼此心照不宣，每晚闲聊常以鬼故事终场。事后季淑总是怪我：“人家怕鬼，你为什么总是说鬼？”

季淑怕狗，比我还要怕。狗没有咬过她，可是她听说有人被疯狗咬过死时的惨状，她就不寒而栗。她出去买菜，若是遇见有狗在巷口徘徊，她就多走一段路绕道而行，有时绕几段路还是有狗，她就索性提着篮子回家，明天再买。有一次在店铺购物，从柜台后面走出一条小狗，她大惊失色，店主人说：“怕什么，它还没有生牙呢。”因为狗的缘故，她就很少时候独去买菜，总是由女工陪着她去。“狗是人类的最好的朋友”，可是说来惭愧，我们根本不想和狗攀交。

我们的女工都是在婚嫁的时候才离开我们。其中有一位C小姐，在婚期之前季淑就给她张罗购买了一份日用品，包括梳洗和厨房用具，等到吉日便由我家出发，爆竹声中登上彩车而去，门口挤满了看热闹的人，有一位邻人还笑嘻嘻的对季淑说：“恭喜，恭喜，令嫒今天打扮得好漂亮！”事后季淑还应邀到她的新房去探视过一次，回来告诉我说，她生活清苦，斗室一间，只有一个二尺见方的木板窗。

季淑酷嗜山水，虽然步履不健，尚余勇可贾。几次约集朋友们远足，她都兴致勃勃，八卦山、观音山、金瓜石、狮头山等处都有我们的游踪。看到树木、山石、海水，她都欢喜赞叹，不过因为心脏软弱，已不善登陟。在这个时候，我发现我染有糖尿症，她则为风湿关节炎所苦，老态渐臻，无可如何。

云和街的房子有一重大缺点，地板底下每雨则经常积水，无法清除，所以总觉得室内潮气袭人，秋后尤甚，季淑称之为水牢。这对于她的风湿当然不利。一九五八年夏，文蔷赴美游学，家里顿形凄凉，我们有意改换环境。适有朋友进言，居住公家的日式房屋既不称意，何不买地自建房屋？我们心动。于是季淑天天奔走，到处看房看地，我们终于决定买下了安东街三零九巷的一块地皮。于一九五九年一月迁入新居。

十五

我岂不知“求田问舍，怕应羞见，刘郎才气”？只因季淑病躯需要调养，故乃罄其所有，营此小筑。地皮不大，仅一百三十余坪。倩同学友人陆云龙先生鸠工兴建，图样是我们自己打的。我们打图的计划是，房求其小，院求其大，因为两个人不需要大房，而季淑要种花木故院需宽敞。室内设计则务求适合我们的需要，她不喜欢我独自幽闭在一间书斋之内，她不愿扰我工作，但亦不愿与我终日隔离，她要随时能看见我。于是我们有一奇怪的设计，一连三间房，一间寝室，一间书房，中间一间起居室，拉门两套虽设而常开。我在书房工作，抬头即可看见季淑在起居室内闲坐，有时我晚间工作亦可看见她在床上躺着。这一设计满足了我们的相互的愿望。季淑坐在中间的起居室，我曾笑她像是蜘蛛网上的一只雌蜘蛛，盘据网的中央，窥察四方的一切动静，照顾全家所有的需要，不愧为名副其实的一家之主。

不出半年，新屋落成。金圣叹“三十三不亦快哉”，其中之一是：“本不欲造屋，偶得闲钱，试造一屋，自此日为始，需木，需石，需瓦，需砖，需灰，需钉，无晨无夕，不来聒于两耳，乃至罗雀掘鼠，无非为屋校计，而又都不得屋住，既已安之如命矣。忽然一日屋竟落成，刷墙扫地，糊窗挂画；一切匠作出门毕去，同人乃来分榻列坐，不亦快哉！”我们之快哉则有甚于此者。一切委托工程师，无应付工人之烦，一切早有预算，无临时罗掘之必要。惟一遗憾是房屋造得太结实，比主人的身体要结实得多，十三年来没漏过雨水，地板没塌陷过一块，后来拆除的时候很费手脚。落成之后，好心的朋友代我们做了庭园的布置，草皮花木应有尽有。季淑携来一粒面包树的种子，栽在前院角上，居然茁长甚速，虽经台风几番摧毁，由于照管得法，长成大树，因为是她所手植，我特别喜欢它。

云和街的房子空出来之后，候补迁入的人很多，季淑坚决主张不可私相授受，历年修缮增建所耗亦无需计较索偿，所以我无任何条件于搬出之日将钥匙送归学校，手续清楚。季淑则着手打扫清洁，不使继居者感到不便。我们临去时对那棵大面包树频频回顾，不胜依依。后来路经附近一带，我们也常特为绕道来此看看这棵树的雄姿是否无恙。

住到新房里不久，季淑患匐行疹（俗名转腰龙），腰上生一连串的小疱，是神经末梢的发炎，原因不明，不外是过滤性病毒所致，西医没有方法治疗，只能镇定剧痛的感觉。除了照料她的饮食之外，我爱莫能助。有一位朋友来探病，把我拉到一边告诉我说：“此病不可轻视，等到腰上的一条龙合围一周，人就不行了。”又有一位朋友笑嘻嘻的四下打量着说：“有这样的房子住，就是生病也是幸福。”这病拖延十日左右，最后有朋友介绍南昌街一位中医华佗氏，用他密制的药粉和以捣碎的瓮菜泥敷在患处，果然见效，一天天的好起来了。介绍华佗氏的这位朋友也为我的糖尿症推荐一个偏方：用玉蜀黍的须子熬水大量饮用。我试了好多天，无法证明其为有效。

说起糖尿症，我连累季淑不少。饮食无度，运动太少，为致病之由。她引咎自责，认为她所调配的食物不当，于是她就悉心改变我的饮食，其实医云这是老年性的糖尿症，并不严重。文蔷寄来一册《糖尿症手册》，深入浅出，十分有用，我细看不止一遍，还借给别人参阅。糖是不给我吃了，碳水化合物也减少到最低限度，本来炸酱面至少要吃两大碗，如今改为一大碗，而其中三分之二是黄瓜丝绿豆芽，面条只有十根八根埋在下面。一顿饭以两片面包为限，要我大量的吃黄瓜拌粉。动物性脂肪几乎绝迹，改用红花子油。她常感慨的说："有一些所谓'职业妇女'者，常讥笑家庭主妇的职业是在厨房里，其实我在厨房里的工作也还没有做好。"事实上，她做的太好了。自来台以后，我不太喜欢酒食应酬，有时避免开罪于人非敬陪末座不可，季淑就为我特制三文治一个，放在衣袋里，等别人"式燕以敖"的时候我就取出三文治，道一声"告罪"，徐徐啮而食之。这虽令人败兴，但久之朋友们也就很少约我赴宴。在这样的饮食控制之下我的糖尿症没有恶化，直到如今我遵照季淑给我配制的食谱，维持我的体重。

我们不喜欢赌，赌具却有一副，那是我在北平买的一副旧的麻将牌。季淑家居烦闷，三五友好就常聚在一起消磨时间，赌注小到不能再小，八圈散场，卫生之至。夫妻同时上桌乃赌家大忌，所以我只扮演"牌僮"一旁伺候，时而茶水，时而点心，忙得团团转。赌，不开始则已，一开始赌注必定越来越大，圈数必定越来越多，牌友必定越来越杂。同时这种游戏对于关节炎患者并不适宜。有一天季淑突然对我宣告，"我从今天戒赌。"真的，从那一天起，真个不再打牌，以后连赌具也送人了，一张特制的桌面可以折角的牌桌也送人了，关于麻将之事从此提都不提，我说不妨偶一为之，她也不肯。

对于花木，她的兴复不浅。后院墙角搭起一个八尺见方的竹棚（警察认为是违章建筑，但结果未被拆除），里面养了几十盆洋兰和素心兰。她最爱的是素心兰，严格讲应该是蕙，姿态可以入画，一缕幽香不时的袭人，花开时搬到室内，满室郁然。友人从山中送来一株灵芝，插入盆内，成为高雅的清供。竹棚上的玻璃被邻街的恶童一块块的击毁，不复能蔽风雨，她索性把兰花一盆盆的吊在前院一棵巨大的夹竹桃下，勉强有点凉，只是遇到连绵的雨水或酷寒的天气便需一盆盆的搬进室内，有时半夜起来抢救，实在辛劳。玫瑰也是她所欣喜的，我们也有一些友人赠送的比较贵重的品种，遇有大风雨，她便用塑料袋把花苞一个个的包起来，使不受损，终以阳光太烈土壤不肥，虽施专门的花肥，仍不能培护得宜。她常说："我们的兰花，不能和胡伟克先生家的相比，我们的玫瑰，不能和张棋林先生的相比，但是我亲手培养的就格外亲切可爱。"可惜她力不从心，不大能弯腰，亦不便蹲下，园艺之事不能尽兴。院里有含笑一株，英文叫 banana shrub，因花香略带甜味近似香蕉，是我国南方有名的花木。有一天，师大送公教配给的工友来了，他在门外就闻到了含笑的香气，他乞求她摘下几朵，问他作何用途，他惨然说："我的母亲最爱此花，最近逝世了，我想讨几朵献在她的灵前。"季淑大受感动，为之涕下，以后他每次来，不等他开口，只要枝上有花，必定摘下一盘给他。

季淑爱花草，不分贵贱，一视同仁。有一次在阳明山上的石隙中间看见一株小草，叶子像是竹叶，但不是竹，葱绿而挺俏，她试一抽取，连根拔出，遂小心翼翼的裹以手帕带回家里，栽在盆中灌水施肥，居然成一盆景。我作出要给她拔掉之状，她就大叫。

房檐下遮窗的雨棚，有几个铁钩子，是工程师好意安装的，季淑说："这是天造地设，应该挂几个鸟笼。"于是我们买了三四个鸟笼，先是养起两只金丝雀。喂小米，喂菜心，喂红萝卜，鸟儿就是不大肯唱。后来请教高人，才知道一雌一雄不该放在一起，要隔离之后雄的才肯引吭高歌（不独鸟类如此，人亦何尝不然？能接吻的嘴是不想歌唱的）。我们试验之后，果然，但是总觉得这样摆布未免残忍。后来又养一种小鹦鹉，又名爱鸟，宽大的喙，整天咕咕的亲嘴。听说这种鹦鹉容易传染一种热病。我们开笼放生，不久又都飞回来，因为笼里有食物，宁可回到笼里来。之后，又养了一只画眉，这是一种雄壮的野鸟，怕光怕人，需要被人提着笼摇摇晃晃的早晨出去溜达。叫的声音可真好听，高亢而清脆，声达一二十丈以外。我们没有工夫遛它，有一天它以头撞笼流血而死。从此我们也就不再养鸟。在大自然的环境中，每见小鸟在枝头跳跃，季淑就驻足而观，喜不自禁。她喜爱鸟的轻盈的体态。

一九六〇年七月，我参加"中美文化关系讨论会"赴美国西雅图，顺便到伊利诺州看看新婚后的文蔷，这是我来台后第一次和季淑作短期的别离，约二十日。我的心情就和三十多年前在美国做学生的时代一样，总是记挂着她。事毕我匆匆回来，她盛装到机场接我，“铅华不可弃，莫是藁砧归？”她穿的是自己缝制的一件西装，鞋子也是新的。她已许久不穿旗袍，因为腰窄领硬很不舒服，西装比较洒脱，领胸可以开得低低的。她算计着我的归期，花两天的时间就缝好了一件新衣，花样式样我认为都无懈可击。我在汽车里就告诉她：“我喜欢你的装束。”小别重逢，“其新孔嘉，其旧如之何？”

一九六三年十二月十八日，有独行盗侵入寒家，持枪勒索。时季淑正在厨房预备午膳。文蔷甫自美国返来省亲，季淑特赴市场购得黄鳝数尾，拟作生炒鳝丝，方下油锅翻炒，闻警急奔入室，见盗正在以枪对我做欲射状。她从容不迫，告之曰：“你有何要求，尽管直说，我们会答应你的。”盗色稍霁。这时候门铃声大作，盗惶恐以为缇骑到门，扬言杀人同归于尽。季淑徐谓之曰：“你们二位坐下谈谈，我去应门，无论是谁吾不准其入门。”盗果就坐，取钱之后犹嫌不足，夺我手表，复迫季淑交出首饰，她有首饰盒二，其一尽系廉价赝品，立取以应，盗匆匆抓取一把珠项链等物而去。当天夜晚，盗即就逮，于一月二日伏法。此次事件端赖季淑临危不乱，镇定应付，使我得以幸免于祸灾。未定谳前，季淑复力求警宪从轻发落，声泪俱下。碍于国法，终处极刑，我们为之痛心者累日。季淑的镇定的性格，得自母氏，我的岳母之沉着稳重有非常人所能及者。

那盘生炒鳝丝，我们无心享受。事实上若非文蔷远路归宁，季淑亦决不烹此异味，因为宰割鳝鱼厥状至惨，她不欲亲见杀生以恣口腹之欲。我们两人在外就膳，最喜“素菜之家”，清心寡欲，心安理得，她常说：“自奉欲俭，待人不可不丰。”我有时邀约友好到家小聚，季淑总是欣然筹划，亲自下厨，她说她喜欢为人服务，最熟的三五朋友偶然来家午膳，季淑常以馅饼飨客，包制馅饼之法她得到母亲的真传，皮薄而匀，不干不破，客人无不击赏，他们因自号为“馅饼小姐”。有一回一位朋友食季淑亲制之葱油饼，松软而酥脆，不禁翘起拇指，赞曰：“江南第一！”

季淑以主持中馈为荣，我亦为陪她商略膳食为乐。买菜之事很少委之佣人，尤其是我退休以后空闲较多，她每隔两日提篮上市，我必与俱。她提竹篮，我携皮包，缓步而行，绕市一匝，满载而归。市廛摊贩几乎无人不识这一对皤皤老者，因为我们举目四望很难发现再有这样一对。回到家里，倾筐倒箧，堆满桌上，然后我们就对面而坐，剥豌豆，掐豆芽，劈菜心……差不多一小时，一面手不停挥，一面闲话家常。随后我就去做我的工作，等到一声“吃饭”我便坐享其成。十二时午饭，六时晚饭，准时用餐，往往是分秒不爽，多少年来总是如此。

帮我们做工的 W 小姐，做了五年之后于归，我们舍不得她去，季淑为她置备一些用品，又送她一架缝纫机，由我们家里登上彩车而去，以后她还常来探视我们。

我的生日在腊八那一天，所以不容易忘过。天还未明，我的耳边就有她的声音：“腊七腊八儿，冻死寒鸦儿，我的寒鸦儿冻死了没有？”我要她多睡一会儿，她不肯，匆匆爬起来就往厨房跑，去熬一大锅腊八粥。等我起身，热呼呼的一碗粥已经端到我的跟前。这一锅粥，她事前要准备好几天，跑几趟街才能勉强办齐基本的几样粥果，核桃要剥皮，瓜子也要去皮，红枣要刷洗，白果要去壳——好费手脚。我劝她免去这个旧俗，她说：“不，一年只此一遭，我要给你做。”她年年不忘，直到来了美国最后两年，格于环境，她才抱憾的罢手。头一年腊八，她在我的纪念册上画了一幅兰花，第二年腊八，将近甲寅，她为我写了一个“一笔虎”，缀以这样的几个字：

华：明年是你的本命年，
我写一笔虎，
祝你寿绵绵，
我不要你风生虎啸，
我愿你老来无事饱加餐。
季淑

“无事”“加餐”，谈何容易！我但愿能不辜负她的愿望。

有一天我们闲步，巷口邻家的一个小女孩立在门口，用她的小指头指着季淑说：“你老啦，你的头发都白啦。”童言无忌，相与一笑。回家之后季淑就说：“我想去染头发。”我说：“千万不要。我爱你的本色。头白不白，没有关系，不过我们是已经到了偕老的阶段。”从这天起，我开始考虑退休的问题，我需要更多的时间享受我的家庭生活，也需要更多的时间译完我久已应该完成的《莎士比亚全集》，在季淑充分谅解与支持之下我于一九六六年夏奉准退休，结束了我在教育界四十年的服务。

八月十四日师大英语系及英语研究所同人邀宴我们夫妇于欣欣餐厅，出席者六十人，我们很兴奋也很感慨。我们于二十四日设宴于北投金门饭店答谢同人，并游野柳。退休之后，我们无忧无虑到处闲游了几天。最近的地方是阳明山，我们寻幽探胜专找那些没有游人肯去的地方。我有午睡习惯，饭后至旅舍辟室休息，携手走出的时候旅舍主人往往投以奇异的眼光，好像是不大明白这样一对老人到这里来是搞什么勾当。有一天季淑说："青草湖好不好？"我说："管他好不好！去！"一所破庙，一塘泥水，但是也有一点野趣，我们的兴致很高。更有时季淑备了卤菜，我们到荣星花园去野餐，也能度过一个愉快的半天。

我没有忘记翻译莎氏戏剧，我伏在案头辄不知时刻，季淑不时的喊我："起来！起来！陪我到院里走走。"她是要我休息，于是相偕出门赏玩她手栽的一草一木。我翻译莎氏，没有什么报酬可言，穷年累月，兀兀不休，其间也很少得到鼓励，漫漫长途中陪伴我体贴我的只有季淑一人。最后三十七种剧本译完，由远东图书公司出版，一九六七年八月六日承朋友们的厚爱，以"中国文艺协会""中国青年写作协会""台湾省妇女写作协会""中国语文学会"的名义发起在台北举行庆祝会，到会者约三百人，主其事者是刘白如、赵友培、王蓝等几位先生。有两位女士代表献花给我们夫妇，我对季淑说："好像我们又在结婚似的。"是日

《中华日报》有一段报导，说我是“三喜临门”：“一喜，三十七本莎翁戏剧出版了，这是台湾省的第一部由一个人译成的全集；二喜，梁实秋和他的老伴结婚四十周年；三喜，他的爱女梁文蔷带着丈夫邱士耀和两个宝宝由美国回来看公公。”三喜临门固然使我高兴，最能使我感动的另有两件事：一是谢冰莹先生在庆祝会中致词，大声疾呼：“莎氏全集的翻译之完成，应该一半归功于梁夫人！”一是世界画刊的社长张自英先生在我书房壁上看见季淑的照片，便要求取去制版刊在他的第三百二十三期画报上，并加注明：“这是梁夫人程季淑女士——在四十二年前——年轻时的玉照，大家认为梁先生的成就，一半应该归功于他的夫人。”他们二位异口同声说出了一个妻子对于她的丈夫之重要。她容忍我这么多年做这样没有急功近利可图的工作，而且给我制造身心愉快的环境，使我能安心的专于其事。

文蔷、士耀和两个孩子在台住了一年零九个月，给了我们很大的安慰，可是他们终于去了，又使我们惘然。我用了一年的工夫译了莎士比亚的三部诗，全集四十册算是名副其实的完成了，从此与莎士比亚暂时告别。一九六八年春天，我重读近人一篇短篇小说，题名是《迟些聊胜于无》(Better Late Than Never)，描述一个老人退休后领了一笔钱带着他的老妻补做蜜月旅行，甚为动人，我曾把它收入我所编的高中英语教科书，如今想想这也正是我现在应该做的事。我向季淑提议到美国去游历一番，探视文蔷一家，顺便补偿我们当初结婚后没有能享受的蜜月旅行，她起初不肯，我就引述那篇小说里的一句话：“什么，一个新娘子拒绝和她的丈夫做蜜月旅行！”她这才没有话说。我们于一九七〇年四月二十一日飞往美国，度我们的蜜月，不是一个月，是约四个月，于八月十九日返回台北，这是我们的一个豪华的扩大的迟来的蜜月旅行，途中经过俱见我所写的一个小册《西雅图杂记》。

十六

我们匆匆回到台北，因为帮我们做家务的C小姐即将结婚，她在我们家里工作已经七年，平素忠于职守，约定等我们回来她再成婚，所以我们的蜜月不能耽误人家的好事。季淑从美国给她带来一件大衣，她出嫁时赠送她一架电视机及家中一些旧的家具之类。我们去吃了喜酒，她的父母对我们说了一些话，我一句也听不懂，季淑听懂了其中一部分：都是乡村人所能说出的简单而诚挚的话。我已多年不赴喜宴，最多是观礼申贺，但是这一次是例外，直到筵散才去。我们两年后离开台北，登车而去的时候，她赶来送行，我看见她站在我们家门口落下了泪。

我有凌晨外出散步的习惯，季淑怕我受寒，尤其是隆冬的时候，她给我缝制一条丝绵裤，裤脚处钉一副飘带，绑扎起来密不透风，又轻又暖。像这样的裤子，我想在台湾恐怕只此一条。她又给我做了一件丝绵长袍，在冬装中这是最舒适的衣服，第一件穿脏了不便拆洗，她索性再做一件。做丝绵袍不是简单的事，台湾的裁缝匠已经很少人会做。季淑做起来也很费事，买衣料和丝绵，一张一张的翻丝绵，做丝绵套，剪裁衣料，绷线，抹浆糊，缭边，钉纽扣，这一连串工作不用一个月也要用二十天才能竣事，而且家里没有宽大的台面，只能拉开餐桌的桌面凑合着用，伛着腰，再加上她的老花眼，实在是过于辛苦。我说我愿放弃这一奢侈享受，她说："你忘记了？你的狐皮袄我都给你做了，丝绵袍算得了什么？"新做的一件，只在阴历年穿一两天，至今留在身边没舍得穿。

说到阴历年，在台湾可真是热闹，也许是大家心情苦闷怀念旧俗吧，不知为什么有那么多的人竞相拜年。季淑是永远不肯慢待嘉宾的，起先是大清早就备好的莲子汤、茶叶蛋以及糖果之类，后来看到来宾最欣赏的是舶来品，她就索性全以舶来品待客。客人可以成群结队的来，走时往往是单人独个的走，我们双双的恭送到大门口，一天下来精疲力竭。但是她没有怨言，她感谢客人的光临。我的老家，自一九一二年起，就取消"过年"的一切仪式。到台湾后季淑就说："别的不提，祖先是不能不祭的。"我觉得她说得对。一个人怎能不慎终追远呢？每逢过年，她必定治办酒肴，燃烛焚香，祭奠我的列祖列宗。她因为腿脚关节不灵，跪拜下去就站不起来，我在旁拉扯她一把。我建议给我的岳母也立一个灵位，我愿一同拜祭略尽一点孝意，她说不可，另外焚一些冥镪便是。我陪同她折锡箔，我给她写纸包袱，由她去焚送。她知道这一切都是无裨实际的形式，但是她说："除此以外，我们对于已经弃养的父母还能做些什么呢？"

一般人主持家计，应该是量入为出，季淑说："到了衣食无缺的地步之后，便不该是'量入为出'，应该是'量入为储'，因为你不知道什么时候你将有不时之需。”有人批评我们说：“你们府上每月收入多少，与你们的生活水准似乎无关。”是的，季淑根本不热心于提高日常的生活水准。东西不破，不换新的。一根绳，一张纸，不轻抛弃。院里树木砍下的枝叶，晒干了之后留在冬季烧壁炉。鼓励消费之说与分期付款的制度，她是听不入耳的。可是在另一方面，她很豪爽，她常说：“贫家富路”，外出旅行的时候决不吝啬；过年送出去的红包，从不缺少；亲戚子弟读书而膏火不继，朋友出国而资斧不足，她都欣然接济。我告诉她我有一位朋友遭遇不幸急需巨款，她没有犹豫就主张把我们几年的储蓄举以相赠，而且事后她没有向任何人提起。

俗话说：女主内，男主外。我的家则无论内外一向由季淑兼顾。后来我觉察她的体力渐不如往昔的健旺，我便尽力减少在家里宴客的次数，我不要她在厨房里劳累，同时她外出办事我也尽可能的和她偕行。果然，有一天，在南昌街合会她从沙发上起立突然倒在地上，到沈彦大夫诊所查验，血压高至二百四十几度，立即在该诊所楼上病房卧下，住了十天才回家。病房的伙食只是大碗面大碗饭，并不考虑病人的需要，我每天上午去看她，送一瓶鲜桔汁，这是多少年来我亲手每天为她预备的早餐的一部分，再送一些她所喜欢的食物，到下午我就回家，这十天我很寂寞，但是她在病房里更惦记我。高血压是要长期服药休养的，我买了一个血压计，我耳聋听不到声音，她自己试量。悉心调养之下她的情况渐趋好转，但是任何激烈的动作均行避免。

自从季淑患高血压，文蔷就企盼我们能到美国去居住，她就近可以照料。一九七二年国际情势急剧变化，她便更为着急。我们终于下了决心，卖掉房子，结束这个经营了多年的破家，迁移到美国去。但是卖房子结束破家，这一连串的行动牵涉很广，要奔走，要费唇舌，要与市侩为伍，要走官厅门路，这一份苦难我们两个互相扶持着承受了下来。于五月二十六日我们到了美国。

十七

美国不是一个适于老年人居住的地方，一棵大树，从土里挖出来，移植到另外一个地方去，都不容易活，何况人？人在本乡本土的文化里根深蒂固，一挖起来总要伤根，到了异乡异地水土不服自是意料中事。季淑肯到美国来，还不是为了我？

西雅图地方好，旧地重游，当然兴奋。季淑看到了她两年前买的一棵山杜鹃已长大了不少，心里很欢喜。有人怨此地气候潮湿，我们从台湾来的人只觉得其空气异常干燥舒适。她来此后风湿性关节炎没有严重的复发过，我们私心窃喜。每逢周末，士耀驾车，全家出外郊游，她的兴致总是很高，咸水公园捞海带，植物园池塘饲鸭，摩基提欧轮渡码头喂海鸥，奥林匹亚啤酒厂参观酿造，斯诺夸密观瀑，义勇军公园温室赏花，布欧尔农庄摘豆，她常常乐而忘疲。从前去过加拿大维多利亚拔卓特花园，那里的球茎秋海棠如云似锦，她常念念不忘。但是她仍不能不怀念安东街寓所她手植的那棵面包树，那棵树依然无恙，我在一九七三年一月十一日（壬子腊八）戏填一首俚词给她看：

恼煞无端天末去。几度风狂，不道岁云暮。莫叹旧居无觅处，犹存墙角面包树。

目断长空迷津渡。泪眼倚楼，楼外青无数。往事如烟如柳絮，相思便是春常驻。

事实上她从来不对任何人有任何怨诉，只是有的时候对我掩不住她的一缕乡愁。

在百无聊赖的时候季淑就织毛线。她的视神经萎缩，不能多阅读，织毛线可以不太耗目力。在织了好多件成品之后她要给我织一件毛衣，我怕她太劳累，宁愿继续穿那一件旧的深红色的毛衣，那也是她给我织的，不过是四十几年前的事了。我开始穿那红毛衣的时候，杨金甫还笑我是“暗藏春色”。如今这红毛衣已经磨得光平，没有一点毛。有一天她得便买了毛线回来，天蓝色的，十分美观，没有用多少工夫就织成了，上身一度，服服帖帖，她说：“我给你织这一件，要你再穿四十年。”

岁月不饶人，我们两个都垂垂老矣，有一天，她抚摩着我的头发，说：“你的头发现在又细又软，你可记得从前有一阵你不愿进理发馆，我给你理发，你的头发又多又粗。硬得像是板刷，一剪子下去，头发渣迸得满处都是。”她这几句话引我想起英国诗人彭士（Robert Burns）的一首小诗：

John Anderson My Jo

John Anderson my jo, John,
When we were first acquent,
Your locks were like the raven,
Your bonie brow was brent;
But now your brow is beld,
John,Your locks are like the snaw,But blessings on your frosty pow,
John Anderson my jo！
John Anderson my jo,
John,We clamb the hill thegither,
And mony a cantie day,
John,We've had wi'ane anither;
Now we maun totter down,John,
And hand in hand we'll go,
And sleep thegither at the foot,
John Anderson my jo！

约翰安德森我的心肝

约翰安德森我的心肝，约翰，
想当初我们俩刚刚相识的时候，

你的头发黑的像是乌鸦一般，
你的美丽的前额光光溜溜；
但是如今你的头秃了，约翰，
你的头发白得像雪一般，
但愿上天降福在你的白头上面，
约翰安德森我的心肝！
约翰安德森我的心肝，约翰，
我们俩一同爬上山去，
很多快乐的日子，约翰，
我们是在一起过的；
如今我们必须蹒跚的下来，约翰，
我们要手拉着手的走下山去，
在山脚下长眠在一起，
约翰安德森我的心肝！

我们两个很爱这首诗，因为我们深深理会其中深挚的情感与哀伤的意味。我们就是正在“手拉着手的走下山”。我们在一起低吟这首诗不知有多少遍！

季淑怵上楼梯，但是餐后回到室内须要登楼，她就四肢着地的爬上去。她常穿一件黑毛绒线的上衣，宽宽大大的，毛毛茸茸的，在爬楼的时候我常戏言：“黑熊，爬上去！”她不以为忤，掉转头来对我吼一声，做咬人状。可是进入室内，她就倒在我的怀内，我感觉到她的心脏扑通扑通的跳。

我们不讳言死，相反的，还常谈论到这件事。季淑说，“我们已经偕老，没有遗憾，但愿有一天我们能够口里喊着‘一、二、三’，然后一起同时死去。”这是太大的奢望，恐怕总要有一个先后。先死者幸福，后死者苦痛。她说她愿先死，我说我愿先死。可是略加思索，我就改变主张，我说：“那后死者的苦痛还是让我来承当吧！”她谆谆的叮嘱我说，万一她先我而化，我须要怎样的照顾我自己，诸如工作的时间不要太长，补充的药物不要间断，散步必须持之以恒，甜食不可贪恋——没有一项琐节她不曾想到。

我想手拉着手的走下山也许尚有一段路程。申请长久居留的手续已经办了一年多，总有一天会得到结果，我们将双双的回到本国的土地上去走一遭。再过两年多，便是我们结婚五十周年，在可能范围内要庆祝一番，我们私下里不知商量出多少个计划。谁知道这两个期望都落了空！

四月三十日那个不祥的日子！命运突然攫去了她的生命！上午十点半我们手拉着手到附近市场去买一些午餐的食物，市场门前一个梯子忽然倒下，正好击中了她。送医院急救，手术后未能醒来，遂与世长辞。在进入手术室之前的最后一刻，她重复的对我说：“华，你不要着急！华，你不要着急！”这是她最后对我说的一句话，她直到最后还是不放心我，她没有顾虑到她自己的安危，到了手术室门口，医师要我告诉她，请她不要紧张，最好是笑一下，医师也就可以轻松的执行他的手术。她真的笑了，这是我在她生时最后看到的她的笑容！她在极痛苦的时候，还是应人之请做出了一个笑容！她一生茹苦含辛，不愿使任何别人难过。

我说这是命运，因为我想不出别的任何理由可以解释。我问天，天不语。哈代（Thomas Hardy）有一首诗《二者的辐合》（*The Convergence of the Twain*），写一九一二年四月十五日豪华邮轮铁达尼号在大西洋上做处女航，和一座海上漂流的大冰山相撞，死亡在一千五百人以上。在时间上空间上配合得那样巧，以至造成那样的大悲剧。季淑遭遇的意外，亦正与此仿佛，不是命运是什么？人世间时常没有公道，没有报应，只是命运，盲目的命运！我像一棵树，突然一声霹雳，电火殛毁了半劈的树干，还剩下半株，有枝有叶，还活着，但是生意尽矣。两个人手拉着手的走下山，一个突然倒下去，另一个只好踉踉跄跄的独自继续他的旅程！

本文曾引录潘岳的悼亡诗，其中有一句："上惭东门吴"。东门吴是人名，复姓东门，春秋魏人。《列子·力命》："魏人有东门吴者，其子死而不忧，其相室曰：'公之爱子，天下无有，今子死，不忧何也？'东门吴曰：'吾尝无子，无子之时不忧；今子死，乃与向无子同，臣奚忧焉？'"这个说法是很勉强的。我现在茕然一鳏，其心情并不同于当初独身未娶时。多少朋友劝我节哀顺变，变故之来，无可奈何，只能顺承，而哀从中来，如何能节？我希望人死之后尚有鬼魂，夜眠闻声惊醒，以为亡魂归来，而竟无灵异。白昼萦想，不能去怀，希望梦寐之中或可相觏，而竟不来入梦！环顾室中，其物犹故，其人不存。元微之悼亡诗有句："唯将终夜常开眼，报答平生未展眉！"我固不仅是终夜常开眼也。

季淑逝后之翌日，得此间移民局通知前去检验体格然后领取证书。又逾数十日得大陆子女消息。我只能到她的坟墓去涕泣以告。六月三日师大英语系同人在台北善导寺设奠追悼，吊者二百余人，我不能亲去一恸，乃请陈秀英女士代我答礼，又信笔写一对联寄去，文曰："形影不离，五十年来成梦幻；音容宛在，八千里外吊亡魂。"是日我亦持诵《金刚经》一遍，口诵"一切有为法，如梦、幻、泡、影，如露亦如电，应作如是观"，而我心有驻，不能免于实执。五十余年来，季淑以其全部精力情感奉献给我，我能何以为报？秦嘉赠妇诗：

诗人感木瓜，乃欲答瑶琼。
愧彼赠我厚，惭此往物轻。
虽知未足报，贵用叙我情。

缅怀既往，聊当一哭！衷心伤悲，掷笔三叹！